A mulher mais linda da cidade
& outras histórias

Livros de Bukowski publicados pela **L&PM** EDITORES:

Ao sul de lugar nenhum: histórias da vida subterrânea
O amor é um cão dos diabos
Bukowski: 3 em 1 (Mulheres; O capitão saiu para o almoço e os marinheiros tomaram conta do navio; Cartas na rua)
O capitão saiu para o almoço e os marinheiros tomaram conta do navio (c/ ilustrações de Robert Crumb)
Cartas na rua
Crônica de um amor louco
Delírios cotidianos (c/ ilustrações de Matthias Schultheiss)
Escrever para não enlouquecer
Fabulário geral do delírio cotidiano
Factótum
Hollywood
Miscelânea septuagenária: contos e poemas
Misto-quente
Mulheres
Notas de um velho safado
Numa fria
Pedaços de um caderno manchado de vinho
As pessoas parecem flores finalmente
Pulp
Queimando na água, afogando-se na chama
Sobre o amor
Sobre gatos
Textos autobiográficos (Editado por John Martin)

Charles Bukowski

A mulher mais linda da cidade
& outras histórias

Tradução de Milton Persson

www.lpm.com.br

Coleção **L&PM** POCKET, vol. 1022

Texto de acordo com a nova ortografia.
Título original dos contos: *The Most Beautiful Woman in Town, Kid Stardust on the Porterhouse, Doing Time with Public Enemy, Scenes from the Big Time, The Murder of Ramon Vasquez, Would You Suggest Writing as a Career?, Cunt and Kant and a Happy Home*, publicados pela primeira vez em 1972 no livro *Erections, Ejaculations, Exhibitions and General Tales of Ordinary Madness*.

Este contos foram publicados na Coleção **L&PM** POCKET nos livros: *Crônica de um amor louco* (v. 574) e *Fabulário geral do delírio cotidiano* (v. 596).

Esta edição na Coleção **L&PM** POCKET: julho de 2016
Esta reimpressão: julho de 2017

Tradução: Milton Persson
Capa: Ivan Pinheiro Machado. *Ilustração*: Robert Crumb
Revisão: L&PM Editores

CIP-Brasil. Catalogação na publicação
Sindicato Nacional dos Editores de Livros, RJ

B949m

Bukowski, Charles, 1920-1994
A mulher mais linda da cidade & outras histórias / Charles Bukowski; tradução de Milton Persson. – Porto Alegre, RS: L&PM, 2017.
96p.   (Coleção L&PM POCKET; v. 1022)

Tradução de: *Erections, Ejaculations, Exhibitions and General Tales of Ordinary Madness*
ISBN 978-85-254-3431-9

1. Conto americano. I. Persson, Milton, 1929-. II. Título. III. Série.

12-0393.   CDD: 813
                    CDU: 821.111(73)-3

© 1967, 1969, 1970, 1971, 1972, 2012, by Charles Bukowski

Todos os direitos desta edição reservados a L&PM Editores
Rua Comendador Coruja, 314, loja 9 – Floresta – 90220-180
Porto Alegre – RS – Brasil / Fone: 51.3225.5777 – Fax: 51.3221.5380

Pedidos & Depto. comercial: vendas@lpm.com.br
Fale conosco: info@lpm.com.br
www.lpm.com.br

Impresso na Gráfica Editora Pallotti, Santa Maria, RS, Brasil
Inverno de 2017

Sumário

A mulher mais linda da cidade 7
Kid Foguete no matadouro 19
Na cela do inimigo público número um 30
Cenas da penitenciária.....................................39
O assassinato de Ramon Vasquez....................46
Você aconselharia alguém a ser escritor? 64
Vulva, Kant, e uma casa feliz 83

A mulher mais linda da cidade

Das 5 irmãs, Cass era a mais moça e a mais bela. E a mais linda mulher da cidade. Mestiça de índia, de corpo flexível, estranho, sinuoso que nem cobra e fogoso como os olhos: um fogaréu vivo ambulante. Espírito impaciente para romper o molde incapaz de retê-lo. Os cabelos pretos, longos e sedosos, ondulavam e balançavam ao andar. Sempre muito animada ou então deprimida, com Cass não havia esse negócio de meio-termo. Segundo alguns, era louca. Opinião de apáticos. Que jamais poderiam compreendê-la. Para os homens, parecia apenas uma máquina de fazer sexo e pouco estavam ligando para a possibilidade de que fosse maluca. E passava a vida a dançar, a namorar e beijar. Mas, salvo raras exceções, na hora agá sempre encontrava forma de sumir e deixar todo mundo na mão.

As irmãs a acusavam de desperdiçar sua beleza, de falta de tino; só que Cass não era boba e sabia muito bem o que queria: pintava, dançava, cantava, dedicava-se a trabalhos de argila e, quando alguém se feria, na carne ou no espírito, a pena que sentia era uma coisa vinda do fundo da alma. A mentalidade é que simplesmente destoava das demais: nada tinha de prática. Quando seus namorados ficavam atraídos por ela, as irmãs se enciumavam e se enfureciam, achando que não sabia aproveitá-los como mereciam. Costumava mostrar-se boazinha com os feios e revoltava-se contra os considerados bonitos – "uns frouxos", dizia, "sem graça nenhuma. Pensam que basta ter orelhinhas perfeitas e nariz bem modelado... Tudo por fora e nada por dentro..." Quando perdia a paciência, chegava às raias da loucura; tinha um gênio que alguns qualificavam de insanidade mental.

O pai havia morrido alcoólatra e a mãe fugira de casa, abandonando as filhas. As meninas procuraram um parente, que resolveu interná-las num convento. Experiência nada interessante, sobretudo para Cass. As colegas eram muito ciumentas e teve que brigar com a maioria. Trazia marcas de lâmina de gilete por todo o braço esquerdo, de tanto se defender durante suas brigas. Guardava, inclusive, uma cicatriz indelével na face esquerda, que em vez de empanar-lhe a beleza só servia para realçá-la.

Conheci Cass uma noite no West End Bar. Fazia vários dias que tinha saído do convento. Por ser a caçula entre as irmãs, fora a última a sair. Simplesmente entrou e sentou do meu lado. Eu era provavelmente o homem mais feio da cidade – o que bem pode ter contribuído.

– Quer um drinque? – perguntei.
– Claro, por que não?

Não creio que houvesse nada de especial na conversa que tivemos essa noite. Foi mais a impressão que causava. Tinha me escolhido e ponto final. Sem a menor coação. Gostou da bebida e tomou várias doses. Não parecia ser de maior idade, mas, não sei como, ninguém se recusava a servi-la. Talvez tivesse carteira de identidade falsa, sei lá. O certo é que toda vez que voltava do toalete para sentar do meu lado, me dava uma pontada de orgulho. Não só era a mais linda mulher da cidade como também das mais belas que vi em toda a minha vida. Passei-lhe o braço pela cintura e dei-lhe um beijo.

– Me acha bonita? – perguntou.

– Lógico que acho, mas não é só isso... é mais que uma simples questão de beleza...

– As pessoas sempre me acusam de ser bonita. Acha mesmo que eu sou?

– Bonita não é bem o termo, e nem te faz justiça.

Cass meteu a mão na bolsa. Julguei que estivesse procurando um lenço. Mas tirou um longo grampo de chapéu. Antes que pudesse impedir, já tinha espetado o tal grampo, de lado, na ponta do nariz. Senti asco e horror.

Ela me olhou e riu.

– E agora, ainda me acha bonita? O que é que você acha agora, cara?

Puxei o grampo, estancando o sangue com o lenço que trazia no bolso. Diversas pessoas, inclusive o sujeito que atendia no balcão, tinham assistido à cena. Ele veio até a mesa:

— Olha — disse para Cass —, se fizer isso de novo, vai ter que dar o fora. Aqui ninguém gosta de drama.

— Ah, vai te foder, cara!

— É melhor não dar mais bebida pra ela — aconselhou o sujeito.

— Não tem perigo — prometi.

— O nariz é *meu* — protestou Cass —, faço dele o que bem entendo.

— Não faz, não — retruquei —, porque isso me dói.

— Quer dizer que eu cravo o grampo no nariz e você é que sente dor?

— Sinto, sim. Palavra.

— Está bem, pode deixar que eu não cravo mais. Fica sossegado.

Me beijou, ainda sorrindo e com o lenço encostado no nariz. Na hora de fechar o bar, fomos para onde eu morava. Tinha um pouco de cerveja na geladeira e ficamos lá sentados, conversando. E só então percebi que estava diante de uma criatura cheia de delicadeza e carinho. Que se traía sem se dar conta. Ao mesmo tempo que se encolhia numa mistura de insensatez e incoerência. Uma verdadeira preciosidade. Uma joia, linda e espiritual. Talvez algum homem, uma coisa qualquer, um dia a destruísse para sempre. Fiquei torcendo para que não fosse eu.

Deitamos na cama e, depois que apaguei a luz, Cass perguntou:

– Quando é que você quer transar? Agora ou amanhã de manhã?

– Amanhã de manhã – respondi –, virando de costas para ela.

No dia seguinte me levantei e fiz 2 cafés. Levei o dela na cama.

Deu uma risada.

– Você é o primeiro homem que conheço que não quis transar de noite.

– Deixa pra lá – retruquei –, a gente nem precisa disso.

– Não, para aí, agora me deu vontade. Espera um pouco que não demoro.

Foi até o banheiro e voltou em seguida, com uma aparência simplesmente sensacional – os longos cabelos pretos brilhando, os olhos e a boca brilhando, *aquilo* brilhando... Mostrava o corpo com calma, como a coisa boa que era. Meteu-se em baixo do lençol.

– Vem de uma vez, gostosão.

Deitei na cama.

Beijava com entrega, mas sem se afobar. Passei-lhe as mãos pelo corpo todo, por entre os cabelos. Fui por cima. Era quente e apertada. Comecei a meter devagar, compassadamente, não querendo acabar logo. Os olhos dela encaravam, fixos, os meus.

– Qual é o teu nome? – perguntei.

– Porra, que diferença faz? – replicou.

Ri e continuei metendo. Mais tarde se vestiu e levei-a de carro de novo para o bar. Mas não foi nada fácil esquecê-la. Eu não andava trabalhando e dormi até as 2 da tarde. Depois levantei e li o jornal. Estava sentado na banheira quando ela entrou com uma folhagem grande na mão – uma folha de inhame.

– Sabia que ia te encontrar no banho – disse –, por isso trouxe isto aqui pra cobrir esse teu troço aí, seu nudista.

E atirou a folha de inhame dentro da banheira.

– Como adivinhou que eu estava aqui?
– Adivinhando, ora.

Chegava quase sempre quando eu estava tomando banho. O horário podia variar, mas Cass raramente se enganava. E tinha todos os dias a folha de inhame. Depois a gente trepava.

Houve uma ou duas noites em que telefonou e tive que ir pagar a fiança para livrá-la da detenção por embriaguez ou desordem.

– Esses filhos da puta – disse ela –, só porque pagam umas biritas pensam que são donos da gente.

– Quem topa o convite já está comprando barulho.

– Imaginei que estivessem interessados em *mim* e não apenas no meu corpo.

– Eu estou interessado em você e *também* no teu corpo. Mas duvido muito que a maioria não se contente com o corpo.

Me ausentei 6 meses da cidade, vagabundeei

um pouco e acabei voltando. Não esqueci Cass, mas a gente havia discutido por algum motivo qualquer e me deu vontade de zanzar por aí. Quando cheguei, supus que tivesse sumido, mas nem fazia meia hora que estava sentado no West End Bar quando entrou e veio sentar do meu lado.

– Como é, seu sacana, pelo que vejo você já voltou.

Pedi bebida para ela. Depois olhei. Estava com um vestido de gola fechada. Cass jamais tinha andado com um traje desses. E logo abaixo de cada olheira, espetados, havia dois grampos com ponta de vidro. Só dava para ver as pontas, mas os grampos, virados para baixo, estavam enterrados na carne do rosto.

– Porra, ainda não desistiu de estragar tua beleza?

– Que nada, seu bobo, agora é moda.

– Pirou de vez.

– Sabe que senti saudade? – comentou.

– Não tem mais ninguém no pedaço?

– Não, só você. Mas agora resolvi dar uma de puta. Cobro 10 pratas. Pra você, porém, é de graça.

– Tira esses grampos daí.

– Negativo. É moda.

– Estão me deixando chateado.

– Tem certeza?

– Claro que tenho, pô.

Cass tirou os grampos devagar e guardou na bolsa.

– Por que é que faz tanta questão de esculhambar o teu rosto? – perguntei. – Quando vai se conformar com a ideia de ser bonita?

– Quando as pessoas pararem de pensar que é a única coisa que eu sou. Beleza não vale nada e depois não dura. Você nem sabe a sorte que tem de ser feio. Assim, quando alguém simpatiza contigo, já sabe que é por outra razão.

– Então tá. Sorte minha, né?

– Não que você seja feio. Os outros é que acham. Até que a tua cara é bacana.

– Muito obrigado.

Tomamos outro drinque.

– O que anda fazendo? – perguntou.

– Nada. Não há jeito de me interessar por coisa alguma. Falta de ânimo.

– Eu também. Se você fosse mulher, podia ser puta.

– Acho que não ia gostar de um contato tão íntimo com tantos caras desconhecidos. Acaba enchendo.

– Puro fato, acaba enchendo mesmo. Tudo acaba enchendo.

Saímos juntos do bar. Na rua as pessoas ainda se espantavam com Cass. Continuava linda, talvez mais do que antes.

Fomos para o meu endereço. Abri uma garrafa de vinho e ficamos batendo papo. Entre nós dois a conversa sempre fluía espontânea. Ela falava um pouco, eu prestava atenção, e depois chegava a minha vez. Nosso diálogo era sempre assim, simples, sem esforço nenhum. Parecia que tínhamos segredos em comum. Quando se descobria um que valesse a pena, Cass dava aquela risada – da maneira que só ela sabia dar. Era como a alegria provocada por uma fogueira. Enquanto conversávamos, fomos nos beijando e aproximando cada vez mais. Ficamos com tesão e resolvemos ir para a cama. Foi então que Cass tirou o vestido de gola fechada e vi a horrenda cicatriz irregular no pescoço – grande e saliente.

– Puta que pariu, criatura – exclamei, já deitado. – Puta que pariu. Como é que você foi me fazer uma coisa dessas?

– Experimentei uma noite, com um caco de garrafa. Não gosta mais de mim? Deixei de ser bonita?

Puxei-a para a cama e dei-lhe um beijo na boca. Me empurrou para trás e riu.

– Tem homens que me pagam as 10 pratas, aí tiro a roupa e desistem de transar. E eu guardo o dinheiro pra mim. É engraçadíssimo.

– Se é – retruquei –, estou quase morrendo de tanto rir... Cass, sua cretina, eu amo você... mas para com esse negócio de querer se destruir. Você é a mulher mais cheia de vida que já encontrei.

Beijamos de novo. Começou a chorar baixinho. Sentia-lhe as lágrimas no rosto. Aqueles longos cabelos pretos me cobriam as costas feito mortalha. Colamos os corpos e começamos a trepar, lenta, sombria e maravilhosamente bem.

Na manhã seguinte acordei com Cass já em pé, preparando o café. Dava impressão de estar perfeitamente calma e feliz. Até cantarolava. Fiquei ali deitado, contente com a felicidade dela. Por fim veio até a cama e me sacudiu.

– Levanta, cafajeste! Joga um pouco de água fria nessa cara e nessa pica e vem participar da festa!

Naquele dia convidei-a para ir à praia de carro. Como estávamos na metade da semana e o verão ainda não havia chegado, encontramos tudo maravilhosamente deserto. Ratos de praia, com a roupa em farrapos, dormiam espalhados pelo gramado longe da areia. Outros, sentados em bancos de pedra, dividiam uma garrafa de bebida tristonha. Gaivotas esvoaçavam no ar, descuidadas e no entanto aturdidas. Velhinhas de seus 70 ou 80 anos, lado a lado nos bancos, comentavam a venda de imóveis herdados de maridos mortos há muito tempo, vitimados pelo ritmo e estupidez da sobrevivência. Por causa de tudo isso, respirava-se uma atmosfera de paz e ficamos andando, para cima e para baixo, deitando e espreguiçando-nos na relva, sem falar quase nada. Com aquela sensação simplesmente gostosa de estar juntos. Comprei sanduíches, batata frita e uns copos de bebida e nos deixamos ficar sentados, comendo na areia. Depois me abracei a Cass e dormimos encostados um no outro durante quase uma hora. Não sei por quê, mas foi melhor do que se tivéssemos transado. Quando acordamos, voltamos de carro para onde eu morava e fiz o jantar.

Jantamos e sugeri que fôssemos para a cama. Cass hesitou um bocado de tempo, me olhando, e aí então respondeu, pensativa:

– Não.

Levei-a outra vez até o bar, paguei-lhe um drinque e vim-me embora. No dia seguinte encontrei serviço como empacotador numa fábrica e passei o resto da semana trabalhando. Andava cansado demais para cogitar de sair à noite, mas naquela sexta-feira acabei indo ao West End Bar. Sentei e esperei por Cass. Passaram-se horas. Depois que já estava bastante bêbado, o sujeito que atendia no balcão me disse:

– Uma pena o que houve com sua amiga.
– Pena por quê? – estranhei.
– Desculpe. Pensei que soubesse.
– Não.
– Se suicidou. Foi enterrada ontem.
– Enterrada? – repeti.

Estava com a sensação de que ela ia entrar a qualquer momento pela porta da rua. Como poderia estar morta?

– Sim, pelas irmãs.
– Se suicidou? Pode-se saber de que modo?
– Cortou a garganta.
– Ah. Me dá outra dose.

Bebi até a hora de fechar. Cass, a mais bela das 5 irmãs, a mais linda mulher da cidade. Consegui ir dirigindo até onde morava. Não parava de pensar. Deveria ter *insistido* para que ficasse comigo em vez de aceitar aquele "não". Todo o seu jeito era de quem gostava de mim. Eu é que simplesmente tinha bancado o durão, decerto por preguiça, por ser desligado demais. Merecia a minha morte e a dela. Era um cão. Não, para que pôr a culpa nos cães? Levantei, encontrei uma garrafa de vinho e bebi quase inteira. Cass, a garota mais linda da cidade, morta aos 20 anos.

Lá fora, na rua, alguém buzinou dentro de um carro. Uma buzina fortíssima, insistente. Bati a garrafa com força e gritei:

– MERDA! PARA COM ISSO, SEU FILHO DA PUTA!

A noite foi ficando cada vez mais escura e eu não podia fazer mais nada.

Kid Foguete no matadouro

Me vi de novo na lona e desta vez nervoso demais de tanto tomar vinho; o olhar desvairado, caindo de fraqueza; tão deprimido que nem podia pensar em recorrer ao quebra-galho de sempre, à minha pausa para recalibrar, topando qualquer serviço em departamento de expedição ou almoxarifado. por isso resolvi ir ao matadouro.

    entrei no escritório.

    não te conheço?, perguntou o cara.

    que eu saiba não, menti.

    já tinha estado lá duas ou três vezes, preenchendo toda aquela papelada, passando por exame médico etc. e tal, e então me levaram até uma escada, por onde descemos quatro andares, o frio cada vez pior, o chão reluzente de sangue, ladrilhos verdes e o azulejo das paredes também. Explicaram o que eu tinha que fazer: consistia em apertar um botão e aí, pelo buraco aberto na parede, se escutava um barulhão semelhante ao estouro de uma boiada ou 2 elefantes caindo pesadamente no chão para trepar, e lá vinha aquela enorme posta de carne morta, pingando sangue, e o cara me mostrou: você pega isso aí e joga dentro do caminhão. depois aperta de novo o botão e vem outro pedaço. aí se afastou. quando me vi sozinho, tirei o avental, o capacete, as botas (sempre davam 3 números menor que o da gente), subi a escada e dei o fora. agora estava ali de volta, outra vez na pior.

tá me parecendo meio velho pro trabalho.

tenho que endurecer os músculos. preciso de serviço pesado, pesado à beça, menti.

acha que vai aguentar?

sou forte pra burro. já lutei como profissional. enfrentei campeões.

não diga, é mesmo?

é, sim.

hum, tem cara. pelo que vejo, te pegaram de jeito.

deixa a minha cara de lado. eu era um raio com as mãos. ainda sou. também tive que me abaixar, senão ia ficar parecendo marmelada.

eu costumo acompanhar as lutas de boxe. teu nome não me diz nada.

é que eu tinha apelido. Kid Foguete.

Kid Foguete? não me lembro de ninguém com esse nome.

lutei na América do Sul, na África, na Europa, nas ilhas. Em cidades do interior. por isso é que tem todos esses espaços em branco aí na minha carteira – não gosto de escrever pugilista porque são capazes de pensar que estou brincando ou mentindo. simplesmente deixo em branco. e o resto que se dane.

tá bom. aparece amanhã de manhã às 9 pro exame médico que eu tenho um serviço pra você. quer dizer que quer um trabalho pesado?

bem, se não tiver outra coisa...

não, de momento não. sabe que você aparenta ter quase cinquenta anos? será que não estou cometendo um erro? aqui ninguém gosta de perder tempo com qualquer mocorongo que aparece.

não sou nenhum mocorongo, sou Kid Foguete.

tá legal, Kid. – deu uma risada –, vamos te botar pra TRABALHAR mesmo!

não gostei do jeito que ele disse isso.

dois dias depois passei pelo portão e entrei no galpão de madeira, onde mostrei a um velhote o crachá com o meu nome: Henry Charles Bukowski Jr., e ele me mandou procurar o Thurman no pavilhão de carga. fui até lá. tinha uma fila de sujeitos sentados num banco de madeira que me olharam como se fosse bicha ou débil mental.

encarei o grupo com ar de sereno desdém e caprichei no meu melhor estilo de boçal.

quedê o Thurman? me disseram que tenho que falar com esse cara.

um deles apontou.

Thurman?

quê?

vou trabalhar com você.

é?

é.

olhou bem para mim.

cadê as botas?
(botas?)
não tenho, respondi.
meteu a mão embaixo do banco e me entregou um par. velho e mais duro que bacalhau. calcei no pé. a mesma história de sempre: 3 números menor. me esmagava os dedos, que viraram para baixo.

depois me deu um avental sujo de sangue e o capacete. fiquei ali parado enquanto ele acendia um cigarro. jogou o fósforo longe com calma digna de macho.

vem cá.

eram todos negros. quando cheguei perto me olharam como se fossem Muçulmanos. tenho quase 1 metro e 80, mas não havia nenhum que não fosse mais alto que eu ou 2 ou 3 vezes mais corpulento.

Charley! berrou Thurman.

Charley, pensei. Charley, que nem eu. que bom.

já estava suando por baixo do capacete.

bota ele pra TRABALHAR!

ah meu deus do céu. que fim levaram as noites suaves e tranquilas? por que isso não acontece com o Walter Winchell, que acredita piamente no Sistema Americano? não fui um dos mais brilhantes alunos de antropologia? o que foi que houve?

Charley me pegou pelo braço e me levou para a frente de um caminhão vazio, do tamanho da metade de um quarteirão, que estava parado na plataforma.

fica esperando aqui.

aí então um bando de negros Muçulmanos veio correndo com carrinhos de mão pintados com uma tinta branca pastosa e grudenta, como se tivesse sido misturada com merda de galinha, cada carrinho trazendo um montão de pernas de porco boiando no meio de um sangue ralo e aguado. não, não boiavam no meio do sangue. estavam mergulhadas nele, que nem chumbo, feito balas de canhão, que nem mortas.

um dos negros saltou para dentro do caminhão atrás de mim e outro começou a me atirar as pernas de porco, que eu pegava e jogava para o cara parado às minhas costas, que se virava e lançava para a parte traseira do caminhão. as pernas vinham rápidas RÁPIDAS, eram pesadas e foram ficando cada vez mais. mal pegava uma e me virava, e já vinha outra a caminho, pelo ar. sabia que estavam dispostos a liquidar com o meu couro. não demorou muito comecei a suar, a suar, feito água jorrando de torneira aberta com toda a força, e a sentir dores nas costas, nos pulsos, nos braços. me doía tudo, e os joelhos, no limite da resistência possível, já baqueavam de tanto tentar manter o equilíbrio. nem conseguia enxergar direito, fazendo um esforço tremendo para apanhar mais uma perna e atirar, mais uma perna e atirar. todo salpicado de sangue e aparando com as mãos aquele PLOFT macio, morto e pesado, a carne cedendo feito nádegas de mulher ao contato dos dedos, e eu fraco demais para poder abrir a boca e reclamar, ei caras, que bicho mordeu vocês, PORRA? as pernas de porco continuavam vindo e eu a girar, pregado no chão, que nem um crucificado de capacete, e não acabavam mais de chegar, carrinhos e mais carrinhos, cheios de pernas e mais pernas de porco, até que afinal ficaram todos vazios, e eu ali parado, zonzo, o corpo oscilante, respirando o fulgor amarelado das lâmpadas elétricas. uma verdadeira noite no inferno. ué, por que estou me queixando? sempre gostei de trabalho noturno.

venha!

me levaram para outro lugar. Lá em cima, dependurada no ar, através de uma vasta abertura no alto da parede distante, a metade de um novilho, ou talvez até fosse um inteiro, sim, pensando bem, eram novilhos inteiros, com todas as quatro patas, e um deles veio saindo pelo buraco, preso a um gancho, tinha acabado de ser morto, e parou exatamente em cima de mim. ficou ali imóvel, bem na minha cabeça, suspenso por aquele gancho.

acabou de ser morto, pensei, mataram essa joça. como poderiam diferenciar um homem de um novilho? como é que iriam saber que não sou um novilho?

TÁ BOM – SACODE ELE!

sacudir ele?

isso mesmo – DANÇA COM ELE!

quê?

ah pelo amor de deus! GEORGE, vem cá!

George se colocou embaixo do novilho morto. agarrou a carcaça. UM. vacilou para a frente. DOIS. vacilou para trás. TRÊS. tomou impulso e saiu correndo. o novilho ia quase rente ao chão. alguém apertou um botão e estava tudo pronto. tudo pronto para os açougues do mundo. tudo pronto para as donas de casa fofoqueiras, rabugentas, bem descansadas e burras, espalhadas por todo este planeta, às 2 da tarde, com suas batas caseiras, tragando cigarros sujos de batom e não sentindo praticamente nada. me colocaram embaixo do novilho seguinte.

UM.
DOIS.
TRÊS.

já estava com ele. aqueles ossos inertes contra os meus vivos, aquela carne morta contra a minha palpitante, e o osso e o peso superpostos, pensei em óperas de Wagner, em cerveja gelada, na buceta provocante sentada num sofá na minha frente, com as pernas dela cruzadas e eu segurando o copo de bebida na mão e, aos poucos e com firmeza, falando e abrindo caminho para penetrar na mentalidade insensível daquele corpo, e aí Charley berrou PENDURA NO CAMINHÃO!

tomei a direção indicada. com medo do fracasso inculcado em mim quando criança no pátio de recreio das escolas americanas, sabia que não podia deixar o novilho cair no chão porque provaria que, em vez de ser homem, era um covarde e portanto só digno de escárnio, risadas e surras. na América a gente tem que ser vitorioso, não há escapatória, e é preciso aprender a lutar por ninharias, sem discutir, e de mais a mais, caso deixasse cair o novilho, era bem capaz de ter que levantá-lo sozinho. além disso, ele ficaria todo sujo. e não quero que fique, ou melhor – eles é que não querem que se suje.

Levei-o para o caminhão.

PENDURA!

o gancho que pendia do teto era liso com um polegar sem unha. deixava-se escorregar a parte traseira para trás e procurava-se a ponta superior, tateando à procura do gancho, fincando 1, 2, 3 vezes, e não havia jeito do desgraçado furar a carne. FILHA DA MÃE! ! ! era pura cartilagem e gordura, resistente e duro como uma pedra.

ANDA DE UMA VEZ! VAMOS LOGO COM ISSO!

empreguei minhas últimas forças e consegui enfiar o gancho. foi uma visão maravilhosa, um verdadeiro milagre, aquele gancho cravado na carne, aquele novilho dependurado ali por si mesmo, completamente – enfim! – longe do meu ombro, exposto às batas caseiras e às fofocas de açougue.

SAI DA FRENTE!

um negro de 150 quilos, insolente, brusco, frio, homicida, entrou, pendurou com estrépito a carne que trazia, e olhou lá de cima pra mim.

aqui a gente fica na fila!

tá legal, campeão.

saí andando na frente dele. já tinha outro novilho à minha espera. cada vez que carregava um, ficava certo de que era o último que daria para aguentar, mas continuava dizendo

mais um

só mais um

aí eu

paro.

fodam-

se.

estavam esperando que desistisse, dava para notar nos olhares, nos sorrisos, quando pensavam que não estava vendo. Não queria dar o braço a torcer. fui buscar outro novilho. o lutador, na última investida do pugilista famoso liquidado, foi buscar a carne.

passaram-se 2 horas e aí alguém berrou PAUSA.

tinha conseguido. um descanso de 10 minutos, um pouco de café e nunca que iam me fazer desistir. saí andando atrás deles em direção a uma carrocinha de lanches que havia se aproximado. dava para enxergar a fumaça do café se levantando na noite; as rosquinhas, cigarros, os bolos e sanduíches, sob as lâmpadas acesas.

EI, VOCÊ AÍ!

era Charley. Charley que nem eu.

que é, Charley?

antes de descansar, pega esse caminhão aí, tira ele daqui e leva lá pro pavilhão 18.

era o caminhão que tínhamos acabado de carregar, o de meio quarteirão de comprimento. o pavilhão 18 ficava do outro lado do pátio.

consegui abrir a porta e subi para a cabine. tinha um assento de couro macio e tão confortável que logo vi que teria que lutar para não pegar no sono. não era motorista de caminhão. baixei os olhos e deparei com meia dúzia de caixas de mudanças, freios, pedais e sei lá mais o quê. girei a chave e dei um jeito de ligar o motor. manobrei pedais e mudanças até que o caminhão começou a andar e aí saí dirigindo pelo pátio afora até chegar no pavilhão 18, o tempo todo pensando – quando voltar, a carrocinha de lanches já foi embora. para mim isso significava uma tragédia, uma verdadeira calamidade. estacionei o caminhão, desliguei o motor e fiquei ali sentado um instante, aproveitando o conforto macio daquele assento de couro. depois abri a porta e saltei. errei o degrau ou seja lá o que for que deveria estar ali e caí no chão com aquela porra de avental e merda de capacete, feito um homem que levou um tiro. não doeu nada, nem deu para sentir. me levantei ainda a tempo de ver a carrocinha de lanches saindo pelo portão e desaparecendo na rua. o grupo todo já estava voltando para a plataforma, dando risadas e acendendo cigarros.

tirei as botas, o avental e o capacete e fui até o galpão de madeira na entrada do pátio. joguei tudo em cima do balcão. o velhote olhou para mim.

quê? vai largar um emprego BOM desses? diz pra eles me mandarem o cheque de 2 horas de trabalho pelo correio. ou então pra enfiar ele no cu. pouco tou ligando, porra!

saí. atravessei a rua, entrei num bar mexicano, tomei cerveja, depois peguei o ônibus. tinha sido novamente derrotado pelo pátio de recreio das escolas americanas.

Na cela do inimigo público número um

estava escutando Brahms em Filadélfia em 1942. numa vitrola pequena. o segundo movimento da 2ª sinfonia. naquela época eu morava sozinho. bebia devagar uma garrafa de vinho do Porto e fumava um charuto ordinário. num quartinho limpo, como se diz. houve uma batida na porta. pensei que fosse alguém pra me entregar o prêmio Nobel ou Pulitzer. eram 2 sujeitos enormes com cara de burros e grossos.

Bukowski?

é.

mostraram o emblema: F.B.I.

nos acompanhe. melhor vestir o casaco. vai se ausentar por uns tempos.

não sabia o que tinha feito. nem perguntei. achei que, de qualquer forma, estava tudo perdido. um deles tirou o Brahms da vitrola. descemos a escada e saímos na rua. cabeças apareciam nas janelas como se todo mundo já estivesse sabendo.

depois a eterna voz de mulher: ah, lá vai aquele homem horrível! prenderam o cafajeste!

simplesmente não dou sorte com elas.

continuei me esforçando pra lembrar o que podia ter feito, e a única coisa que me ocorria é que talvez, de porre, houvesse matado alguém. mas não conseguia entender o que era que o F.B.I. tinha a ver com aquilo.

mantenha as mãos nos joelhos e não mexa com elas!

havia 2 homens no banco da frente e 2 no de trás, de modo que imaginei que devia ter assassinado alguém – decerto algum figurão.

continuamos rodando, de repente esqueci e levantei a mão pra coçar o nariz.

OLHA ESSA MÃO AÍ!!

quando chegamos na delegacia, um dos agentes apontou para uma fileira de fotos nas 4 paredes.

tá vendo estes retratos?, perguntou com dureza.

olhei um por um. estavam bem emoldurados, mas nenhuma das caras me dizia nada.

tô vendo, sim – respondi.

são homens que foram assassinados quando trabalhavam pro F.B.I.

não sei o que ele queria que eu dissesse, por isso continuei calado.

me levaram pra outra sala.

tinha um homem atrás da escrivaninha.

CADÊ O TEU TIO JOHN? – gritou na minha cara.

como? – retruquei.

CADÊ O TEU TIO JOHN?

eu não sabia a quem ele estava se referindo. por um instante cheguei a pensar que quisesse dizer que eu andava por aí carregando alguma arma secreta pra matar gente quando ficava bêbado. me senti todo atrapalhado, não entendendo mais nada.

me refiro a JOHN BUKOWSKI!

ah. ele morreu.

merda, POR ISSO é que a gente não conseguia descobrir onde ele estava!

me levaram lá pra baixo, pra uma cela cor de laranja. era sábado de tarde. pelas grades da janela dava pra ver as pessoas caminhando na calçada. que sorte que tinham! do outro lado da rua havia uma loja de discos. o alto-falante tocava música pra mim. tudo parecia tão calmo e tranquilo lá fora. ficava ali parado, de pé, tentando lembrar o que poderia ter feito. sentia vontade de chorar, mas não saía lágrima alguma. era só uma espécie de tristeza, de náusea, uma mistura de uma com a outra, não existe nada pior. acho que você sabe o que quero dizer. todo mundo, volta e meia, passa por isso. só que comigo é muito frequente, acontece demais.

a Prisão de Moyamensing me lembrava um castelo antigo. 2 vastos portões de madeira se abriram pra me acolher. até hoje me admiro que não tivéssemos que passar por cima de um fosso.

me puseram na cela de um sujeito gordo com cara de perito contador.

sou Courtney Taylor, inimigo público nº 1 – disse ele pra mim.

por que você foi preso? – perguntou.

(a essa altura eu já sabia; tinha perguntado no caminho.)

fui convocado e não me apresentei.

tem 2 coisas que aqui ninguém topa: recruta que não se apresenta

e exibicionista tarado.

código de honra de ladrões, hem? manter o país forte pra continuar com a roubalheira.

mesmo assim, ninguém gosta de convocados omissos.

sou de fato inocente. me mudei e esqueci de deixar o novo endereço na junta de recrutamento. comuniquei aos correios. recebi carta de St. Louis quando já estava aqui, dizendo que tinha que comparecer ao exame médico. respondi que não dava para ir até lá e pedi pra fazer o exame aqui mesmo. botaram os caras atrás de mim e agora tô em cana. não entendo: então, se eu quisesse escapar do recrutamento, ia dar o endereço pra eles?

todos vocês sempre se fazem de sonsos. pra mim isso é conversa mole pra boi dormir.

me estirei no beliche.

passou um carcereiro.

LEVANTA ESSE RABO DE MORTO DAÍ! – berrou comigo.

levantei meu rabo de morto de convocado omisso.

você quer se matar? – perguntou Taylor.

quero – respondi.

então puxa esse cano aí em cima que prende a lâmpada da cela. enche aquele balde com água e coloca o pé dentro. desatarraxa, tira a lâmpada fora e enfia o dedo no encaixe. aí você sai daqui.

fiquei olhando um bocado de tempo pra lâmpada.

obrigado, Taylor, você é um verdadeiro amigão.

as luzes apagaram, me deitei e eles começaram. piolhos.

porra, o que é isto? – berrei.

piolhos – respondeu Taylor. – aqui tem muito.

aposto que tenho mais que você – retruquei.

tá apostado.

dez cents?

dez cents.

comecei a catar e a matar os meus. fui colocando em cima da mesinha de madeira.

por fim demos um basta. Levamos os piolhos pra grade da cela, onde havia luz, e contamos. eu tinha 13 e ele 18. entreguei-lhe a moedinha. só muito mais tarde descobri que ele partia os dele ao meio e depois esticava. era estelionatário. profissional. filho da puta.

fiquei cobra com os dados no pátio de exercício. ganhava todo santo dia e já estava cheio da grana. cheio da grana pra cadeia, bem entendido. fazia 15 ou 20 pratas por dia. o regulamento proibia o jogo de dados e os guardas, lá de cima das torres, apontavam as metralhadoras pra gente e berravam PAREM COM ISSO! mas sempre se dava um jeito de continuar a partida. quem trouxe os dados pra prisão sem ninguém perceber foi um tarado exibicionista. o tipo do tarado que não me agrada. aliás, não gostava de nenhum deles. todos tinham queixo fraco, olhar lacrimoso, bunda magra e jeito viscoso. projetos de homens. acho que não era culpa deles, mas não gostava de olhar pra aquela gente. esse a que me refiro sempre se chegava depois de cada partida.

você tá afiado, tá ganhando uma nota preta, dá um pouco pra mim.

eu largava uns trocados naquela mão de cadáver e ele se afastava, feito cobra, o porco sacana, sonhando com o dia em que pudesse mostrar a pica de novo pra garotinhas de 3 anos. eu dava o dinheiro porque era o único meio de me conter e não bater com o cinto nele, mas quem fazia isso ia pra solitária, um buraco deprimente – não tanto quanto o pão molhado na água que se ficava obrigado a comer. eu via quando os caras saíam de lá: demoravam um mês pra voltar ao seu estado normal. mas todos nós éramos abortos da natureza. eu não fugia à regra. não fugia mesmo. fui muito duro com ele. só conseguia raciocinar direito quando desviava o olhar.

estava rico. depois que apagavam as luzes, o cozinheiro trazia pratos de comida, comida da boa e à beça, sorvete, bolo, torta, café de primeira. Taylor me avisou pra nunca dar mais de 15 cents pra ele, senão seria exagero. o cozinheiro agradecia em voz baixa e perguntava se devia voltar na noite seguinte.

mas nem tem dúvida – respondia eu.

era a mesma comida que levavam para o diretor da prisão, que, evidentemente, gostava de passar bem. os presos andavam todos famintos, enquanto que Taylor e eu desfilávamos pra lá e pra cá, parecendo 2 mulheres no nono mês de gravidez.

gosto desse cozinheiro – comentei –, acho um cara legal.

e ele é – concordou Taylor.

não parávamos de reclamar dos piolhos pro carcereiro, e ele berrava conosco:

ONDE PENSAM QUE ESTÃO? NUM HOTEL? QUEM TROUXE ESSES BICHOS PRA CÁ FORAM VOCÊS MESMOS!

o que, naturalmente, considerávamos um insulto.

os carcereiros eram mesquinhos, os carcereiros eram burros e viviam mortos de medo. sentia pena deles.

finalmente puseram Taylor e eu em celas separadas e fumigaram a que tinha piolhos.

encontrei Taylor no pátio.

me botaram junto com um pirralho – disse Taylor, bobo que só vendo –, tá por fora de tudo. um horror.

fiquei com um velho que não sabia falar inglês e passava o tempo todo sentado no penico, a repetir: TARA BUBA COME, TARA BUBA CAGA! não parava nunca. tinha a vida programada: comer e cagar. acho que se referia a alguma figura mitológica da terra dele. ah, vai ver que era Taras Bulba? sei lá. a primeira vez que saí pra fazer exercício no pátio, o velho rasgou o lençol do meu beliche e fez com ele uma corda; pendurou as meias e as cuecas naquilo e quando entrei ficou tudo pingando em cima de mim. nunca saía da cela, nem pra tomar banho. não havia cometido crime nenhum, diziam, só queria ficar ali dentro e deixavam. um ato de bondade? fiquei brabo com ele porque não gosto de roçar a pele em cobertor de lã. minha pele é muito sensível.

seu velho sacana – gritava com ele –, já matei um cara e é só você não andar direito que acabo matando dois!

mas ele ficava simplesmente sentado ali no penico, rindo pra mim e dizendo: TARA BUBA COME, BUBA CAGA!

acabei desistindo. mas, seja lá como for, nunca precisei escovar o chão, aquela porra de casa dele vivia sempre úmida e escovada. devia ser a cela mais limpa da América. do mundo. e adorava aquela refeição extra de noite. se adorava.

o F.B.I. resolveu que eu estava inocente da acusação de ter fugido deliberadamente da convocação das forças armadas e me mandou para o centro de recrutamento. tinha uma porção de presos que mandavam pra lá. fui aprovado no exame biométrico e depois tive que falar com o psiquiatra.

você acredita na guerra? – perguntou.
não.
está disposto a lutar?
estou.
(andava com uma ideia meio biruta de sair de uma trincheira e sair caminhando em direção à linha de fogo até que me matassem.)

ficou um bocado de tempo sem falar nada, só escrevendo numa folha de papel. depois levantou os olhos.

a propósito, na próxima quarta-feira à noite vai ter uma festa com médicos, pintores e escritores. queria te convidar. você aceita o convite?

não.

tá certo – retrucou –, não precisa ir.

aonde?

pra guerra.

fiquei só olhando pra ele.

pensou que a gente não ia entender, não é? entregue esta folha de papel ao funcionário da sala ao lado.

era uma longa caminhada. a folha estava dobrada e presa por um clipe no meu cartão. levantei a ponta e espiei: "... possui uma grande sensibilidade dissimulada pela fisionomia impassível..." boa piada, pensei, puta que pariu! eu: sensível!!

e lá se foi Moyamensing. e assim ganhei a guerra.

Cenas da penitenciária

I

Sempre destacavam novatos pra limpar a sujeira dos pombos, e enquanto a gente ficava limpando os desgraçados voltavam e cagavam de novo no cabelo, na cara e na roupa da gente. Não se ganhava sabão – apenas água e escovão, e tinha-se que fazer muita força pra tirar toda aquela porcaria. Mais tarde mudava-se pra oficina mecânica, onde pagavam 3 cents por hora, mas quando se era novato a primeira coisa que se fazia era limpar merda de pombo.

Eu estava junto quando Blaine teve a ideia. Viu, parado no canto, um pombo que não podia mais voar.

– Escuta – disse ele –, eu sei que esses bichos falam uns com os outros. Vamos fornecer assunto pra aquele ali. A gente dá um jeito nele e joga lá pra cima no telhado, pra contar pros outros o que tá acontecendo aqui embaixo.

– Tá legal – concordei.

Blaine se aproximou e levantou o pombo do chão. Tinha uma pequena gilete enferrujada na mão.

Olhou em torno. Estávamos no canto mais escuro do pátio de exercício. Fazia muito calor e havia uma porção de presos por perto.

– Algum dos cavalheiros presentes não gostaria de me auxiliar nesta operação?

Não houve resposta.

Blaine começou a cortar a pata do pombo. Homens fortes viraram as costas. Vi um ou dois, que estavam mais perto, cobrindo a fronte com a mão para não enxergar.

– Porra, caras, o que é que há com vocês? – gritei. – A gente já tá farto de ficar com o cabelo e os olhos cheios de merda de pombo! Vamos dar um jeito neste aqui pra, quando chegar lá em cima no telhado, poder contar pros outros: "Tem uns sacanas desgraçados lá embaixo! Não cheguem perto deles!" Este pombo vai fazer com que os outros parem de cagar na cabeça da gente!

Blaine jogo o pombo pro alto. Não me lembro mais se a coisa deu certo ou não. Só sei que, enquanto esfregava, minha escova bateu naquelas duas patas. Pareciam estranhíssimas, assim soltas, sem estarem ligadas a pombo nenhum. Continuei esfregando e misturei tudo na merda.

II

Na maioria, as celas viviam cheias demais, e ocorreram vários distúrbios raciais. Mas os guardas eram sádicos. Transferiram Blaine da minha pra outra, repleta de negros. Mal ele entra, ouve um deles dizer:

– Taí o meu veado! É isso aí, pessoal, esse cara vai ser meu veado! Aliás, bem que se podia dividir ele entre nós! Você vai tirar a roupa, filhinho, ou quer que a gente te ajude?

Blaine tira toda a roupa e se deita de bruços no chão.

Fica ouvindo passos ao redor.

– Credo! Nunca vi olho de cu mais feio que este!

– Nem dá pra ficar de pau duro, Boyer, palavra, brochei!

– Nossa, parece rosca mofada!

Todos se afastam, Blaine levanta e se veste de novo. Depois me conta no pátio de exercício:

– Tive sorte. Iam me esquartejar!

– Nada como ter cu horrendo – digo eu.

III

Depois teve Sears. Puseram Sears numa cela cheia de negros. Sears olhou em torno e se atracou no maior de todos. O cara caiu no chão. Sears deu um salto e se jogou, com os dois joelhos, em cima do peito do outro. A luta continuou. Sears fez picadinho do negro. O resto se limitou a assistir.

Sears simplesmente nem se abalava. Lá fora, no pátio, se agachava nos calcanhares, fazendo seu baseado, fumando bagana. Olhava pro crioulo. Sorria. Expelia a fumaça.

– Sabe de onde é que eu sou? – perguntava pro preto.

O cara não respondia.

– De Two Rivers, Mississippi.

Tragava, retinha a fumaça, expelia, sorria e rebolava as cadeiras.

– Tu ia gostar daquilo lá.

Aí atirava fora a bagana, levantava, virava as costas e atravessava

o pátio...

IV

Sears atiçava também os brancos. O cabelo dele era gozado. Parecia grudado no crânio, todo eriçado, cor de fogo e sujo. Tinha uma cicatriz de faca no rosto e olho redondo, mas bem redondo mesmo.

Ned Lincoln aparentava 19, mas tinha 22 anos – sempre de boca aberta, corcunda, com uma pelezinha branca encobrindo a ponta da vista esquerda. No primeiro dia do garoto no presídio, Sears deu com ele no pátio.

– EI, CARA! – berrou.

O garoto se virou.

Sears apontou pra ele.

– É TU MESMO! VOU ACABAR COM O TEU COURO, CARA! ACHO BOM FICAR PREPARADO, AMANHÃ EU TE PEGO! VOU ACABAR COM O TEU COURO, CARA!

Ned Lincoln ficou simplesmente parado, sem entender patavina. Sears começou a papear com outro preso, como se nada tivesse acontecido. Mas a gente sabia como ele era. Bastava fazer aquela declaração e pronto.

Um dos companheiros de cela do rapaz falou com ele naquela noite.

– Acho bom você se preparar, meu filho, aquele cara não é de brincadeira. É melhor tu arranjar alguma coisa.

– O quê, por exemplo?

– Ué, você pode fazer uma faquinha tirando a ponta da torneira da pia e depois afiando no cimento do chão. Mas também posso te vender uma faca boa de verdade, por dois paus.

O rapaz comprou a faca, mas no dia seguinte não arredou pé da cela nem apareceu no pátio.

– Aquele merdinha tá com medo – falou Sears.

– Eu também estaria – retruquei.

– Que nada, você aparecia – disse ele.

– Aparecia coisa nenhuma.

– Aparecia, sim – insistiu.

– Tá, então eu aparecia.

Sears, no dia seguinte, acabou com a vida de Ned no chuveiro. Ninguém viu nada. Só o sangue vermelho escorrendo no ralo, misturado com água e sabão.

V

Tem cara que não entrega a rapadura. Nem na solitária. Joe Statz era um. Parecia que nunca mais ia sair de lá. Era o alvo favorito do diretor. Se conseguisse dobrar Joe, teria melhor controle sobre o resto dos presos.

Um dia foi até lá com dois guardas, mandou levantar a tampa da grade, se pôs de joelhos e gritou pra Joe lá embaixo:

– JOE! JOE, COMO É? JÁ CHEGA? QUER SAIR DAÍ, JOE? NÃO QUER APROVEITAR ESTA CHANCE? OLHA QUE TÃO CEDO EU NÃO APAREÇO DE NOVO POR AQUI!

Não houve a menor resposta.

– JOE! JOE! TÁ ME OUVINDO?

– Tô, sim.

– ENTÃO, QUAL É A RESPOSTA, JOE?

Joe pegou o balde, cheio de mijo e merda, e jogou na cara do diretor. Os guardas repuseram a tampa no lugar. Ao que consta, Joe continua ainda lá, mais morto do que vivo. Todo mundo ficou sabendo do que ele fez com o diretor. A gente de vez em quando se lembrava dele. Sobretudo quando as luzes apagavam.

VI

Quando eu sair, pensei, vou esperar um pouco e depois vou voltar pra cá. Vou ficar parado lá fora, sabendo exatamente o que está se passando aqui dentro. E vou olhar bem firme pra estas paredes e tomar a decisão de nunca mais ser preso.

Mas depois que saí, nunca mais voltei. Nem pra ficar olhando as paredes lá fora. É que nem mulher que não presta. Não adianta voltar. Não dá nem pra olhar pra ela. Mas falar, a gente pode. Fica mais fácil. E foi o que fiz hoje, um pouco. Boa sorte, companheiro, aí dentro ou aqui fora da prisão.

O assassinato de Ramon Vasquez*

Tocaram a campainha da porta. Dois irmãos: Lincoln, de 23 anos, e Andrew, de 17.

Ele veio atender pessoalmente.

Ei-lo. Ramon Vasquez, o antigo astro do cinema mudo e dos primeiros tempos do falado. Agora deve estar com quase 70, mas conserva as mesmas feições delicadas. Naquela época, nos filmes e na vida real, mantinha o cabelo lambuzado de brilhantina, penteado liso, à força, pra trás. E com o longo nariz afilado, o bigodinho e aquele olhar de peixe morto que enlouquecia as mulheres, bem, era demais. Tinha ficado conhecido como

---

* *Esta história é* fictícia *e os acontecimentos idênticos ou semelhantes ocorridos na vida real que chegaram ao conhecimento público em nada contribuíram para predispor o leitor a favorecer ou hostilizar quaisquer personagens, comprometidos ou não; noutras palavras: o espírito, a imaginação, os recursos criativos gozaram de plena franquia para fantasiar à vontade, o que equivaleu a* inventar *este texto, resultante e derivado da convivência de apenas um ano a menos de meio século com a raça humana... e que não se fixa, especificamente, em nenhum caso, ou casos; ou noticiário da imprensa, não tendo sido escrito com a intenção de prejudicar, insinuar ou fazer injustiça a qualquer criatura porventura conhecida, envolvida em circunstâncias análogas à história que aí está.*

"O Grande Galã". O mulherio desmaiava quando ele entrava em cena. "Deliravam", como se dizia nas revistas de cinema de então. Mas, na verdade, Ramon Vasquez era homossexual. Agora o cabelo está completamente branco, magnífico, e o bigode mais cheio.

Faz frio para uma noite na Califórnia e a casa de Ramon fica isolada no alto da colina. Os 2 rapazes usam calças do exército e camiseta branca. São musculosos e simpáticos, com cara de quem está sempre se desculpando.

Lincoln toma a palavra.

– Já lemos muito a seu respeito, Mr. Vasquez. Desculpe o incômodo, mas temos o maior interesse nos ídolos de Hollywood, ficamos sabendo onde o senhor morava e, como íamos passando por aqui, não resistimos e viemos tocar a campainha.

– Não está muito frio aí fora, rapazes?

– Pra ser franco, está, sim.

– Por que não entram um pouco?

– Não queremos importunar, o senhor talvez esteja ocupado.

– De modo algum. Podem entrar. Não tem ninguém em casa.

Os rapazes aceitam o convite. Ficam parados no meio da sala, meio constrangidos e tímidos.

– Ah, mas sentem-se, *por favor*! – diz Ramon.

Indica um sofá. Os rapazes cruzam a sala, com passo um tanto rígido. Na lareira, um pequeno fogo aceso.

— Vou buscar alguma coisa pra esquentar vocês. Esperem aí que não demoro.

Ramon volta com vinho francês, abre a garrafa, sai novamente e reaparece com 3 cálices gelados. Serve a bebida.

— Tomem um gole. É de ótima qualidade.

Lincoln obedece, um pouco depressa demais. Andrew, por insegurança, faz o mesmo. Ramon enche os cálices de novo.

— São irmãos?

— Somos.

— Logo vi.

— Meu nome é Lincoln. Ele, o Andrew, é mais moço que eu.

— Ah, sei. O Andrew tem feições delicadas, fascinantes. Uma expressão pensativa. Com um pequeno toque de crueldade, inclusive. Talvez na proporção *exata*. Hum, vai acabar entrando pro cinema. Ainda tenho bastante influência, sabem?

— E o meu rosto, Mr. Vasquez? – pergunta Lincoln.

— Não é tão delicado, e tem mais crueldade. A tal ponto que quase chega a ter uma beleza animal; com isso e com o seu... corpo. Não me levem a mal, mas vocês têm uns corpos de autênticos trogloditas que tivessem sido depilados por completo. Mas... gosto muito dos dois, vocês *irradiam*... não sei o quê.

— Vai ver que é fome – diz Andrew, abrindo a boca pela primeira vez. – Chegamos agora mesmo na cidade. Viemos rodando lá de Kansas. Furou o pneu. Depois tivemos que trocar a porcaria da biela. Gastamos uma nota preta com os pneus e o conserto. Ficamos a zero. Está parado aí fora, um Plymouth 56. Não deu nem pra vender no ferro velho pra ganhar 10 paus.

– Estão com fome?

– E como!

– Bom, isso não é problema, santo Deus, vou ver o que é que tem e preparo alguma coisa pra vocês. Enquanto isso, vão bebendo!

Ramon se dirige à cozinha.

Lincoln pega a garrafa e bebe no gargalo. Um tempão. Depois passa para Andrew:

– Toma tudo.

Andrew acaba de esvaziar a garrafa quando Ramon reaparece com uma bandeja grande – azeitonas recheadas, queijo, salame, carne de rês defumada, bolachas d'água, cebolinhas verdes, presunto apimentado com ovos.

– Ah, o vinho! Terminaram com ele todo! Ótimo!

Ramon sai e volta com 2 garrafas geladas. Abre ambas.

Os rapazes caem em cima da bandeja como se fosse carniça. Não precisam de muito tempo para liquidar com tudo.

Aí passam para o vinho.

– Conheceu Bogart?

– Ah, só de vista.

– E Garbo?

– Claro, trabalhei com ela, como é que não ia conhecer?

– E Gable?

– Muito pouco.

– Cagney?

– Cagney eu não conheci. Sabem, a maioria dos que vocês mencionaram são de épocas diferentes. Às vezes me parece que alguns dos artistas famosos que vieram depois *realmente* ficam ressentidos por eu ter feito a maior parte da minha fortuna antes que a mordida do imposto de renda cravasse tão fundo. Mas se esquecem que, em termos proporcionais, nunca ganhei a fortuna que hoje eles ganham com essa inflação. E que agora estão aprendendo a proteger com a assessoria de especialistas fiscais que lhes ensinam todos os recursos permitidos por lei – reinvestimentos, e tudo mais. Seja lá como for, nas festas que dão por aí, isso contribui pra muitos mal-entendidos. Acham que estou rico, e eu acho que eles é que estão. Todo mundo se preocupa demais com dinheiro, celebridade e poder. Quanto a mim, tenho apenas o suficiente para viver confortavelmente até o dia em que morrer.

– Já lemos tudo a seu respeito, Ramon – diz Lincoln. – Um escritor, não, 2 escritores disseram que você sempre guarda 5 milhas em dinheiro vivo, escondido em casa. Como uma espécie de dinheiro de bolso. E que você de fato não confia em bancos nem no sistema bancário.

– Não sei de onde você foi tirar isso. Não é verdade.

– SCREEN – diz Lincoln –, número de setembro de 1968; THE HOLLYWOOD STAR, YOUNG AND OLD, edição de janeiro de 1969. Nós inclusive estamos com as 2 revistas aí fora no carro.

– É falso. O único dinheiro que tenho em casa é o que está na minha carteira, e mais nada. Vinte ou trinta dólares.

– Vamos ver.

– Lógico.

Ramon tira a carteira do bolso. Tem uma nota de 20 e 3 de 1.

Lincoln agarra a carteira.

– Eu fico com ela!

– O que há com você, Lincoln? Se quiser o dinheiro, pode levar. Mas me devolva a carteira. Meus documentos estão aí dentro, a carteira de motorista, tudo o que é necessário.

– Vai te foder!

– O quê?

– "VAI TE FODER!", eu disse.

– Ouçam, rapazes, vou ter que pedir pra que se retirem. Estão ficando grosseiros.

– Tem mais vinho?

– Claro que tem, sim! Podem ficar com tudo, 10 ou 12 garrafas dos melhores vinhos franceses. Peguem e levem embora, por favor! Estou pedindo!

– Preocupado com as 5 milhas?

– Estou sendo sincero, não existe essa história de 5 milhas escondidas. Acreditem em mim, com toda a franqueza, não existe essa história de 5 milhas!

– Seu mentiroso sacana!

– Mas por que essas grosserias?

– CHUPADOR DE PIROCA! CHUPADOR DE PIROCA!

– Ofereci minha hospitalidade, a minha generosidade a vocês. Agora ficaram boçais e desaforados.

– Aquela bandeja de porcarias que nos deu! Tem coragem de chamar aquilo de comida?

– Não estava boa?

– COMIDA DE VEADO!

– Mas por quê?

– Picles de azeitona... ovos recheados. Macho não come essas merdas!

– Vocês comeram.

– Ah, tá querendo me gozar, é, CHUPADOR DE PIROCA?

Lincoln levanta do sofá, se aproxima da poltrona de Ramon e dá-lhe 3 bofetadas na cara, com força, a palma da mão aberta. As mãos são enormes.

Ramon baixa a cabeça e começa a chorar.

– Desculpe. Só estava tentando me defender.

Lincoln olha para o irmão.

– Tá vendo? Bicha escrota! CHORANDO FEITO CRIANÇA! ELE VAI VER O QUE É BOM, CARA! VOU FAZER ELE CHORAR DE VERDADE SE NÃO DESCOLAR AS TAIS 5 MILHAS!

Lincoln pega a garrafa de vinho e bebe bastante no gargalo.

– Toma tu também – diz a Andrew. – Vamos ter muito trabalho. Andrew bebe no gargalo, à beça.

Depois, enquanto Ramon continua chorando, os dois ficam ali sentados, tomando vinho, olhando um para o outro, e pensando.

– Sabe o que vou fazer? – pergunta Lincoln ao irmão.

– O quê?

– Vou fazer ele chupar minha piça!

– Por quê?

– Ora por quê! Pra tirar um sarro, mais *nada*!

Lincoln bebe outro gole, depois se aproxima, pega Ramon pelo queixo e levanta-lhe a cabeça.

– Ei, titia...

– Que foi? Ah, por favor, POR FAVOR, ME DEIXA EM PAZ!

– Você vai chupar minha pica, seu SACANA DE MERDA!

– Ah, não, por favor!

– A gente sabe que tu é bicha! Te prepara, boneca!

– NÃO! POR FAVOR! POR FAVOR!

Lincoln corre o fecho da braguilha.

– ABRE ESSA BOCA!

– Ah, não, por favor!

Desta vez, quando bate em Ramon, a mão de Lincoln está de punho cerrado.

– Eu te amo, Ramon: Chupa!

Ramon abre a boca. Lincoln encosta a ponta do caralho nos lábios dele.

– Se você me morder, boneca, TE MATO!

Ramon começa a chupar, sem parar de chorar. Lincoln lhe dá uma bofetada na testa.

– Para de FINGIR! Chupa com gosto!

Ramon sacode mais a cabeça, capricha com a língua. De repente, no momento exato em que Lincoln percebe que vai gozar, pega o crânio de Ramon e puxa com toda a força pra frente. Ramon se engasga todo, sufocado. Lincoln só afrouxa depois de esvair o último jato de porra.

– Agora chupa meu irmão!

Andrew protesta:

– Linc, não tô a fim.

– Virou cagão?

– Não, não é isso.

– Falta de culhão?

– Não, não...

– Bebe mais um pouco.

Andrew bebe. Fica pensativo.

– Tá legal, ele pode me chupar a pica.

– ENTÃO FAZ ELE CHUPAR!

Andrew levanta, abre a braguilha.

– Te prepara pra chupar, boneca.

Ramon continua sentado, chorando.

– Levanta a cabeça dele. Ele gosta e não quer confessar.

Andrew levanta a cabeça de Ramon.

– Não quero bater em você, vovô. Abre essa boca. É coisa rápida.

Ramon abre a boca.

– Pronto – diz Lincoln –; viu? Já tá chupando. Sem grilo nenhum.

Ramon sacode a cabeça, passa a língua e Andrew goza.

Ramon cospe a porra no tapete.

– Miserável! – reclama Lincoln. – Era pra você engolir!

Se aproxima rápido e esbofeteia Ramon, que já parou de chorar e parece ter caído numa espécie de transe.

Os 2 irmãos sentam outra vez e acabam com as garrafas de vinho. Descobrem mais na cozinha. Trazem pra sala, tiram as rolhas e bebem de novo.

Ramon Vasquez mais parece uma figura de cera de Astro morto no Museu de Hollywood.

– A gente pega as 5 milhas e se manda – diz Lincoln.

– Ele disse que não tá aqui – lembra Andrew.

– Bicha já nasceu mentindo. Eu faço ele dar com a língua nos dentes. Tu fica quieto aí, com o teu vinho. Deixa esse veado por minha conta.

Lincoln levanta Ramon no ombro e vai com ele pro quarto.

Andrew fica na sala tomando vinho. Ouve vozes e gritos lá no quarto. Depois vê o telefone. Disca um número de Nova York, pra ser cobrado na conta de Ramon. É onde está a mina dele. Ela saiu de Kansas City pra tentar sucesso na metrópole. Mas continua mandando notícias. Cartas grandes. Ainda não conseguiu nada.

– Quem?

– O Andrew.

– Ah, Andrew. Aconteceu alguma coisa?

– Tava dormindo?

– Já ia me deitar.

– Sozinha?

– Evidente.

– Bom, não aconteceu nada. Tem um sujeito aqui que vai me conseguir um contrato pra trabalhar no cinema. Diz que tenho uma cara delicada.

– Que maravilha, Andrew! Tu tem uma cara linda e eu te amo, tu sabe.

– Claro. Como é que você tá se virando, gatinha?

– Mais ou menos, Andy. Nova York é uma barra. Todo mundo só tá a fim de trepar, não pensam noutra coisa. Trabalho como garçonete, é fogo, mas acho que vou conseguir um papel numa peça aí. Não é a Broadway, mas serve.

– Que tipo de peça?

– Ah, sei lá. Parece meio melosa. Um troço escrito por um crioulo aí.

– Não te fia nesses crioulos, neguinha.

– Não tem perigo. É só pra pegar cancha. E contrataram uma atriz da pesada pra trabalhar de graça na peça.

— Bom, até aí, tudo bem. Mas não te fia nesses crioulos!

— Porra, tu tá pensando que sou burra, Andy? Não me fio em ninguém. É só pra pegar cancha.

— Quem é o crioulo?

— Sei lá. Um cara que escreve peças aí. A única coisa que sabe fazer é sentar pelos cantos, puxar maconha e falar em revolução. Virou moda agora. A gente tem que ir na onda até onde dá.

— Esse cara que escreve peças, não anda fodendo com você?

— Para de dizer besteira, Andrew. Só porque trato o cara direito não quer dizer que não vejo que ele não tem religião, que é um verdadeiro animal... E já estou farta de ser garçonete. Todos esses caras, metidos a sabidos, beliscando a bunda da gente porque deixaram uma mísera gorjeta. É fogo.

— Eu penso o tempo todo em você, neguinha.

— E eu em você, meu velho Andy de carinha linda e pica grande. E te amo, sabia?

— Tu às vezes fala de um jeito gozado, gozado e franco, é por isso que eu te amo, neguinha.

— EI! Que GRITARIA é essa que tô ouvindo aí?

— Foi só uma piada, neguinha. Uma festança maluca aqui em Beverly Hills. Sabe como são esses artistas.

— Parece até que tão matando alguém.

— Não se preocupe, neguinha. É só de brincadeira. Tá todo mundo de porre. Tem alguém aqui ensaiando uma cena. Te amo. Qualquer dia te ligo ou escrevo de novo.

– Então tá, Andrew, te amo.

– Boa noite, meu bem.

– Boa noite, Andrew.

Andrew desliga e vai pro quarto. Entra. Lá está Ramon na vasta cama de casal. Todo ensanguentado. Os lençóis encharcados de sangue.

Lincoln tem uma bengala na mão. A famosa bengala que o Grande Galã usava nos filmes. Toda manchada de sangue.

– O filho da puta não desembucha – diz Lincoln. – Me traz outra garrafa de vinho.

Andrew volta com o vinho, tira a rolha, e Lincoln toma um gole inacabável.

– Vai ver que as 5 milhas não tão aqui – diz Andrew.

– Tão, sim. E a gente tá precisando. Bicha é pior que judeu. Quer dizer, pra judeu é preferível morrer do que perder dinheiro. Mas bicha MENTE! Sacou?

Lincoln olha de novo o corpo caído na cama.

– Onde é que você tem as 5 milhas, Ramon?

– Eu juro... eu juro... por tudo quanto é mais sagrado, não existe esse negócio de 5 milhas, eu juro! eu juro!

Lincoln baixa a bengala de novo no rosto do Grande Galã. Outro corte. O sangue escorre. Ramon perde os sentidos.

– Assim não adianta. Bota debaixo do chuveiro – diz Lincoln ao irmão. – Vê se dá pra reanimar ele.

Limpa todo esse sangue. Vamos recomeçar tudo de novo. Desta vez não só no rosto, mas também no pau e nos bagos. Ele acaba falando. Qualquer um acaba falando. Lava este cara enquanto eu vou tomar uns tragos.

Lincoln sai do quarto. Andrew olha aquela massa de sangue vermelho, se engasga, depois vomita no soalho. Só então se sente melhor. Levanta o corpo da cama e leva para o banheiro, Ramon, por um instante, parece recobrar os sentidos.

– Santa Maria, Santa Maria, Mãe de Deus...

Repete ainda uma vez, ao chegarem à porta.

– Santa Maria, Santa Maria, Mãe de Deus...

Quando Andrew entra com ele no banheiro, tira as roupas encharcadas de sangue, vê o box do chuveiro, larga o corpo de Ramon no chão e testa a água, até ficar na temperatura apropriada. Depois, descalça os próprios sapatos e meias, tira a calça, a cueca e a camiseta e entra embaixo da ducha, segurando Ramon em pé sob o jato da água. O sangue começa a escorrer. Andrew olha o cabelo grisalho molhado, achatado no crânio do antigo ídolo do sexo feminino. Ramon parece apenas um velho tristonho, cambaleando de autopiedade.

Aí, de repente, cede ao impulso de fechar a torneira da água quente, e deixa correr só a fria.

Cola a boca na orelha de Ramon.

– Vovô, o que a gente quer são as tuas 5 milhas. Depois a gente se manda. Você só tem que cair com a grana, aí a gente te deixa em paz, tá?

– Santa Maria... – diz o velho.

Andrew tira Ramon de dentro do box. Leva de volta pro quarto e larga em cima da cama. Lincoln está bebendo outra garrafa de vinho. No gargalo.

– OK – diz –, desta vez ele *fala*!

– Acho que ele não tá com as 5 milhas. Eu não levaria uma surra dessas por 5 milhas.

– Ele tá, sim! Não passa de uma bicha nojenta que gosta de negro! Desta vez ele *desembucha*!

Lincoln passa garrafa pra Andrew, que imediatamente bebe no gargalo.

Lincoln levanta a bengala:

– Agora! Chupador de piroca! CADÊ AS 5 MILHAS?

Não vem nenhuma resposta do homem prostrado na cama. Lincoln inverte a posição da bengala, fica com a ponta na mão e baixa o cabo encurvado nos órgãos sexuais de Ramon.

Não se escuta, praticamente, nenhum ruído da parte do homem, a não ser uma série contínua de gemidos.

O pau e os testículos de Ramon estão quase estraçalhados por completo.

Lincoln faz uma pausa para tomar um bom trago de vinho, depois pega a bengala e começa a bater pelo corpo todo – no rosto, na barriga, nas mãos, no nariz, na cabeça, em tudo quanto é parte de Ramon, não repetindo mais a pergunta sobre as 5 milhas. A boca ficou aberta e o sangue que escorre do nariz quebrado e de outros lados do rosto cai ali dentro.

Ele engole tudo e se afoga em seu próprio sangue. Depois se imobiliza por completo e os golpes da bengala já não têm mais efeito.

– Você matou o cara – diz Andrew, lá da poltrona, vendo tudo –, e ele ia me conseguir trabalho no cinema.

– Não matei – diz Lincoln –, quem matou foi você! Fiquei aí sentado, olhando, enquanto você batia com a própria bengala do cara até ele morrer. A bengala que tornou ele famoso no cinema!

– Porra, que importância tem isso? – diz Andrew –, agora tu já tá falando que nem louco de porre. O que interessa é dar o fora daqui de uma vez. O resto a gente acerta depois. Esse cara tá morto! Vamos dar no pé!

– Em primeiro lugar – diz Lincoln –, estou acostumado a ler sobre esses troços em revista policial. Primeiro a gente se livra do corpo. Molha os dedos no sangue dele e escreve uma porção de coisas aí pelas paredes, sacou?

– O quê?

– Tá legal. Por exemplo: "OS PORCOS TÊM QUE SE FODER!" "MORTE AOS PORCOS!" Depois a gente escreve um nome qualquer em cima da cabeceira, um nome de homem – como "Louie", por exemplo. O.K.?

– O.K.

Molham os dedos no sangue de Ramon e escrevem pequenas frases bombásticas nas paredes. Depois saem da casa.

Ligam o motor do Plymouth 56. Rodam para o sul, levando os 23 dólares de Ramon e o vinho roubado. No cruzamento de Sunset com Western veem 2 garotas de minissaia perto da esquina pedindo carona. Param no meio-fio. Há uma pequena troca de piadas e as 2 entram no carro. O carro tem rádio. É praticamente a única coisa que tem. Ligam o rádio. As garrafas do caríssimo vinho francês rolam pra tudo quanto é lado.

– Ei – diz uma garota –, tô achando que estes caras dão o maior pedal!

– Ei – sugere Lincoln –, vamos até lá na praia deitar na areia, tomar esse vinho e ver o sol nascer!

– Chocante – diz a outra.

Andrew consegue tirar uma rolha. Não é fácil – precisou usar a lâmina mais fina do canivete –, tinham deixado pra trás não só Ramon como o ótimo saca-rolhas de Ramon – e o canivete não funciona direito –, cada vez que bebem um gole de vinho têm também que engolir um pedaço de rolha.

No banco da frente, Lincoln vai tirando o sarro que pode, mas tendo que dirigir, vê-se obrigado a usar mais a imaginação. Na parte de trás, Andrew já enfiou a mão no meio das coxas da outra garota. Depois puxa uma ponta da calcinha, o que não é nada fácil, e mete o dedo lá dentro. De repente ela se retrai, empurra ele pra trás e diz:

– Acho que primeiro a gente devia se conhecer melhor.

– Lógico – diz Andrew. – Temos 20 ou 30

minutos antes de cair na areia e transar. Meu nome
– continua – é Harold Anderson.

– E o meu é Claire Edwards.

Se abraçam de novo.

O Grande Galã está morto. Mas haverá outros. Como também uma pá de gente sem importância. A grande maioria. É assim que a coisa pode dar certo. Ou errado.

Você aconselharia alguém a ser escritor?

O bar. Lógico. Dava para a rampa do portão de embarque. Sentamos ali, mas o garçom fingiu que não viu. Garçons de bar de aeroporto, concluí, são esnobes que nem os carregadores de bagagem nos trens de antigamente. Sugeri a Garson que, em vez de gritar com o cara, como ele (o garçom) queria, pegássemos uma mesa. E foi o que fizemos.

Estávamos cercados por gatunos bem-vestidos, com ar tranquilo e entediado, de bebidinha na mão, conversando em voz baixa e esperando a chamada do voo. Garson e eu sentamos e olhamos pras garçonetes.

– Que merda – disse ele –, olha só, o vestido delas é feito de um jeito que não dá pra enxergar a calcinha.

– Hummm hum – retruquei.

Aí ficamos comentando as duas. Uma não tinha bunda. As pernas da outra eram finas demais. E ambas davam a impressão de serem burras e de se julgarem as tais. A sem bunda veio nos atender. Eu disse pra Garson escolher o que queria e depois pedi uísque com soda. Ela foi buscar a bebida e voltou.

Os preços não eram mais caros que em qualquer bar, mas acontece que teria que lhe dar uma boa gorjeta por ter visto a calcinha – ainda mais de perto assim.

– Tá sentindo medo? – perguntou Garson.

– Tô – respondi –, mas do quê?

– De andar de avião pela primeira vez.

– Pensei que fosse sentir. Mas agora, vendo esses... – indiquei as mesas vizinhas – já não faz diferença...

– E das leituras?

– Das leituras eu não gosto. É o tipo da bobagem. Que nem abrir vala. Só serve pra sobreviver.

– Pelo menos tá fazendo uma coisa de que você gosta.

– Não – retruquei –, estou fazendo o que você gosta.

– Tá bom, então pelo menos as pessoas vão ficar contentes com o que você faz.

– Tomara. Não gostaria nem um pouco de ser linchado por ter lido um soneto.

Peguei a sacola de viagem, coloquei entre as pernas e enchi o copo de novo. Tomei tudo, depois pedi outra dose pra nós dois.

A que não tinha bunda, de calcinha com babadinho: será que usava outra por baixo? Terminamos os drinques. Dei uma nota de 5 ou de dez a Garson pela corrida e subimos a escada pra marcar meu lugar no avião. Mal me sentei no último assento livre bem lá trás e ele começou a rodar na pista. Por pouco...

Parecia levar um tempo inacabável para decolar. O lugar da janela, a meu lado, estava ocupado por uma velhota, aparentemente calma, que morria de tédio. No mínimo viajava 4 ou 5 vezes por semana de avião, pra cuidar de uma rede de puteiros. Não consegui prender direito o cinto de segurança, mas como não havia mais ninguém se queixando, deixei o meu meio frouxo. Preferia ser jogado fora do assento do que passar pelo constrangimento de perguntar pra aeromoça como se apertava aquilo.

Já estávamos voando e eu nem tinha gritado. Era mais tranquilo que viajar de trem. Nenhum movimento. Um saco. Parecia que andávamos a 50 quilômetros por hora; as montanhas e as nuvens passavam sem a menor pressa. Duas aeromoças iam e vinham pelo corredor sorrindo, sorrindo, sem parar. Uma até que não era nada má, mas tinha veias grossas enormes no pescoço. Pena. A outra não tinha bunda.

Comemos e depois chegou a vez da bebida. Um dólar. Nem todos queriam beber. Cagalhões esquisitos. Aí comecei a torcer pra que o avião quebrasse uma asa e então sim, daria pra ver a cara que as aeromoças fariam. Eu sabia que a das veias iria gritar feito doida. A sem bunda – ora, sabe-se lá? Eu ia pegar a das veias pra estuprar na descida pra morte. Bem rapidinho. Atracados, afinal, em mútuo orgasmo, pouco antes de nos espatifarmos no solo.

O avião não caiu. Tomei o segundo drinque que me era permitido, depois surrupiei outro bem nas barbas da velhota. Ela nem se abalou. Eu sim. O copo inteiro. De um gole só. E sem água.

De repente já estávamos lá. Em Seattle...

Deixei que todos saíssem na frente. Que remédio. Agora não conseguia abrir o cinto de segurança.

Chamei a das veias grossas no pescoço.

– Senhorita! Senhorita!

Ela veio vindo pelo corredor.

– Olha, desculpe... mas como é que se... abre essa porra?

Não quis tocar no cinto nem se aproximar de mim.

– O senhor tem que virar o fecho pro outro lado.

– Ah é?

– Faça pressão nessa chapinha da parte de trás...

E se afastou. Apertei a tal chapinha. Nada. Continuei fazendo pressão. Ah, que merda!... de repente cedeu.

Agarrei a sacola de viagem e me esforcei pra me comportar normalmente.

Ela sorriu na porta de desembarque.

– Uma boa tarde pro senhor e até à vista.

Desci a rampa. Um rapaz louro de cabelo comprido estava me esperando.

– Mr. Chinaski? – perguntou.

– Sim, e você é o Belford?

– Fiquei cuidando os rostos... – explicou.

– Tudo bem – retruquei –, vamos dar o fora daqui.

– Ainda temos algumas horas livres antes da leitura.

– Ótimo.

Estavam reformando o aeroporto. Precisava-se pegar um ônibus pra chegar ao estacionamento. Faziam o pessoal esperar. Havia uma verdadeira multidão na fila do ônibus. Belford saiu caminhando na direção dela.

– Espera aí! Espera! – pedi. – Eu simplesmente não posso ficar ali parado no meio de toda aquela gente, porra!

– Mas eles não conhecem o senhor, Mr. Chinaski.

– Como se eu não soubesse. Acontece, porém, que eu conheço eles. Vamos esperar aqui. Quando o ônibus aparecer, a gente sai correndo. Enquanto isso, que tal uma bebidinha?

– Não, obrigado, Mr. Chinaski.

– Ouça, Belford, me chama de Henry.

– Meu nome também é Henry – disse ele.

– Ah é, esqueci...

Ficamos ali parados e eu bebi.

– Lá vem o ônibus, Henry!

– Tá, Henry!

E saímos correndo...

Dali pra frente decidimos que eu seria "Hank" e ele "Heery". Tinha um endereço na mão. O chalé de um amigo. Podíamos ficar lá até a hora da leitura. O amigo estava viajando. A leitura só começaria às 9 da noite. Não sei como, mas Henry não conseguia localizar o tal chalé. A paisagem era bonita. Claro. Pinheiros e mais pinheiros, com lagos, e mais pinheiros. Ar puro. Sem trânsito. Morri de tédio. Aquela beleza toda não me dizia nada. Não sou um cara muito simpático, pensei. Eis aí a vida como deveria ser e me sinto como se estivesse na prisão.

– Bonita paisagem – comentei –, mas desconfio que um dia também vão chegar aqui.

– Sem sombra de dúvida – disse Henry. – Precisava ver quando tem neve.

Graças a deus, pensei, pelo menos dessa eu escapei...

Belford parou na frente de um bar. Entramos. Tenho verdadeiro pavor de bares. Já escrevi histórias e poemas demais sobre eles. Belford pensava que estava me fazendo um grande favor.

Entrei atrás dele. Já conhecia as pessoas que estavam numa das mesas. Oi, aquele ali é professor de não sei o quê. E aquele outro também leciona, o que mesmo? E patati e patatá. A mesa estava repleta dessa espécie de gente. Algumas mulheres. Elas, por incrível que pareça, tinham cara de margarina. Todo mundo sentado em torno de vastos canecões de cerveja com todo o jeito de veneno – e verde, ainda por cima.

Botaram um desses canecões na minha frente. Levantei a bebida, prendi a respiração e tomei um trago longo.

– Sempre gostei de sua obra – declarou um dos profes. – Você me lembra o...

– Com licença – pedi –, eu já volto...

Saí correndo para a latrina. Fedia, naturalmente. Um lugarzinho sobre o bonitinho esquisito.

O que eu tinha bebido... vinha subindo!

Não deu nem tempo pra abrir a porta de alguma privada. Teve que ser no mictório mesmo. Um pouco mais longe estava parado o palhaço do bar. O "prefeito" local. De boné vermelho. O engraçadinho. Bosta.

Vomitei tudo, lancei-lhe o olhar mais safado que pude, aí então ele foi embora.

Depois saí e sentei diante do canecão de cerveja verde.

– Você vai ler hoje à noite no... ? – perguntou um deles.

Não respondi.

– Todo o pessoal que está aqui vai estar lá.

– É bem provável que eu também vá.

Tinha que ir mesmo. Já tinha recebido e gastado o cheque que me haviam enviado. O outro lugar, no dia seguinte, talvez fosse possível evitar.

A única coisa que queria era voltar pro meu quarto em L. A., fechar todas as persianas, beber COLD TURKEY, comer ovos cozidos com páprica, de rádio ligado, torcendo pra que tocassem alguma coisa de Mahler...

9 da noite... Belford foi abrindo o caminho. Havia umas mesinhas redondas, com pessoas sentadas em torno. E um palco.

– Quer que te apresente? – perguntou Belford.

– Não – respondi.

Achei os degraus que davam acesso ao palco. Tinha uma cadeira e uma mesa. Larguei a sacola de viagem em cima da mesa e comecei a tirar coisas de dentro.

– Meu nome é Chinaski – disse –, e isto aqui é uma cueca, um par de meias, uma camisa, uma garrafa de uísque e uns livros de poemas.

Deixei o uísque e os livros sobre a mesa. Retirei o celofane da garrafa e tomei um gole.

– Alguma pergunta?

Silêncio absoluto.

– Muito bem, então é melhor começar.

Primeiro me concentrei na velharia. Cada vez que bebia um gole, o poema seguinte soava melhor – pra mim. Seja lá como for, estudante universitário até que é legal. Só faz questão de um troço – que não se minta deliberadamente pra ele. Acho justo.

Consegui completar os primeiros 30 minutos, pedi uma pausa de dez, desci do palco com a garrafa na mão e fui pra uma mesa com Belford e 4 ou 5 outros universitários. Uma garota se aproximou com um dos meus livros. Puta que pariu, minha filha, pensei, eu autografo tudo o que você quiser!

– Mr. Chinaski?

– Claro – respondi, com gesto flórido de gênio.

Perguntei o nome dela. Depois escrevi qualquer coisa. Desenhei um cara pelado perseguindo uma mulher nua. Pus a data.

– Muito obrigada, Mr. Chinaski!

Quer dizer então que ficava por isso? Quanto papo furado.

Arranquei minha garrafa da boca de um cara.

– Olha aqui, boneca, esse foi o segundo que você tomou. Eu ainda tenho que suar meia hora ali em cima. Não me toque mais nesta garrafa.

Estava sentado no meio da mesa. Aí bebi um gole e larguei a garrafa de novo.

– Você aconselharia alguém a ser escritor? – me perguntou um estudante.

– Tá querendo me gozar? – retruquei.

– Não, não, falo sério. Aconselharia, como carreira?

– Escritor já nasce feito, não é conselho que vai resolver.

Com essa me livrei dele. Tomei outro gole, depois subi de novo pro palco. Sempre deixo por último o que mais me agrada. Era a primeira vez que lia para uma plateia de universitários, mas tinha me preparado com um porre de duas noites consecutivas numa livraria de L. A. Reservar o melhor pro fim. É o que se faz quando criança. Li tudo o que queria, depois fechei os livros.

Os aplausos me surpreenderam. Foram calorosos e não paravam mais. Fiquei até meio sem jeito. Os poemas não eram tão bons assim. Deviam estar aplaudindo por outro motivo. Quem sabe o fato de eu ter terminado?...

Houve festa em casa de um professor. O sujeito era a cara escarrada do Hemingway. Claro que Hemingway já tinha morrido. O professor, praticamente, também. Só sabia de literatura e escritores – essa papagaiada toda. Aonde eu ia, o desgraçado vinha atrás. Me seguiu por tudo quanto foi canto, menos no banheiro. Cada vez que me virava, lá estava ele...

– Ah, Hemingway! Pensei que você já tivesse morrido!

– Sabia que o Faulkner também vivia bêbado?

– Sabia.

– O que você acha do James Joyce?

O coitado era doente: nunca ia se curar.

Encontrei Belford.

– Ouça, rapaz, a geladeira tá vazia. Esse Hemingway não é de guardar muita bebida, hem?...

Dei-lhe uma nota de 20.

– Escuta, você conhece alguém capaz de ir comprar um pouco mais de cerveja, ao menos?

– Conheço, sim.

– Então ótimo. E uns charutos também.

– De que marca?

– Qualquer uma serve. A que for mais barata. De dez ou quinze cents. E obrigado, viu?

Tinha umas 20 ou 30 pessoas por lá e eu já havia renovado o estoque da geladeira uma vez. Quer dizer, então, que é assim que essa porra funciona?

Escolhi a dedo a mulher mais espetacular da festa e resolvi fazer com que me odiasse. Fui encontrá-la na copa, sentada sozinha a uma mesa.

– Minha filha – disse –, esse porra do Hemingway é um cara doente.

– Eu sei – disse ela.

– Compreendo que ele queira ser simpático, mas não afrouxa, só fala de literatura. Puta merda, que assunto mais chato! Sabe que nunca conheci um escritor de que eu tivesse gostado? São uns sujeitos que não valem nada, umas verdadeiras bostas humanas...

– Eu sei – repetiu –, eu sei...

Puxei-lhe a cabeça pro lado e sapequei-lhe um beijo na boca. Não ofereceu resistência. Hemingway entrou na copa, nos viu e passou adiante. Ei! O velhote até que tinha um pouco de classe! Fantástico!

Belford voltou com as compras, espalhei um bocado de garrafas de cerveja em cima da mesa e fiquei ali falando horas a fio, bolinando a moça. Foi só no dia seguinte que descobri que era a mulher do Hemingway...

Acordei sozinho na cama num segundo andar, não sei onde. Provavelmente ainda na casa do Hemingway. Desta vez a ressaca foi braba. A claridade me feria a vista. Virei a cabeça pro lado e fechei os olhos de novo.

Alguém me sacudiu.

– Hank! Hank! Acorda!

– Merda. Vai embora.

– Já tá na hora de ir! Você tem que fazer a leitura ao meio-dia. Fica longe daqui. Mal dá tempo de chegar de carro.

– Então não vale a pena ir.

– Nós temos que ir. Você assinou um contrato. Tão te esperando. Vai passar na televisão.

– Na televisão?

– É.

– Deus do céu. Sou bem capaz de vomitar diante da câmara...

– Hank, a gente tem que ir.

– Tá bom, tá bom.

Levantei da cama e olhei pra ele.

– Você foi legal, Belford, cuidando de mim e aguentando a onda que eu faço. Por que não se irrita, me xinga ou qualquer coisa no gênero?

– Você é o meu poeta vivo predileto – disse ele.

Dei risada.

– Porra, vai ver que eu podia tirar a pica pra fora e te dar uma mijada pelo corpo todo...

– Não – retrucou –, eu estou interessado é nas tuas palavras, não no teu mijo.

Bem feito, tinha toda razão de arrasar comigo e eu só podia concordar com isso. Consegui, afinal, fazer o que precisava fazer e Belford me ajudou a descer a escada. Lá estavam Hemingway e a mulher dele.

– Puxa, você está com uma cara horrível! – disse Hemingway.

– Desculpa o que eu fiz ontem à noite, Ernie. Só fiquei sabendo que era a tua mulher depois que...

– Deixa pra lá – atalhou –, que tal um pouco de café?

– Ótimo – retruquei –, preciso tomar alguma coisa mesmo.

– E um pouco de comida?

– Obrigado. Não como.

Sentamos em torno da mesa, tomando o café em silêncio. Aí Hemingway falou qualquer coisa. Não me lembro o quê. Sobre James Joyce, acho.

– Ah, puta merda! – exclamou a mulher. – Você não vai mais calar essa boca?

– Olha aqui, Hank – disse Belford –, é melhor a gente ir. Fica muito longe daqui.

– Tá – concordei.

Levantamos e fomos saindo. Apertei a mão do Hemingway.

– Acompanho você até o carro – insistiu.

Belford e H. se dirigiram pra porta. Me virei pra ela.

– Passe bem – disse eu.

– Passe bem – disse ela.

E então me beijou. Jamais fui beijado daquele jeito. Simplesmente se entregou, deu tudo o que tinha. Nunca fui fodido assim, tampouco.

Depois saí. Apertei de novo a mão do Hemingway. Aí fomos embora e ele voltou para dentro de casa, para a mulher dele...

– Ele leciona Literatura – disse Belford.

Estava me sentindo mal à beça.

– Não sei se vou conseguir. Não tem o menor cabimento fazer uma leitura ao meio-dia em ponto.

– É a única hora que a maioria dos estudantes tem pra te ver.

Continuamos rodando e foi então que percebi que não tinha escapatória. Sempre haveria alguma coisa que precisava ser feita, senão te riscavam do mapa. Era duro reconhecer, mas fiz questão de anotar, perguntando-me se algum dia encontraria um meio de me livrar daquilo.

– Você não tá com cara de quem vai conseguir – disse Belford.

– Para ali mais adiante. Vamos comprar uma garrafa de uísque.

Ele entrou com o carro numa dessas lojas estranhíssimas do estado de Washington. Comprei meio litro de vodca pra me refazer e um litro de uísque pra leitura. Belford disse que o pessoal pra onde estávamos indo era meio conservador e que seria melhor comprar uma garrafa térmica pra botar o uísque dentro. Portanto compramos.

Fizemos uma parada pra tomar o café da manhã num lugar qualquer. Era simpático, mas não dava pra se ver a calcinha das garçonetes.

Puta que pariu, tinha mulher por tudo quanto era canto e mais da metade parecia ser boa de cama, e não havia nada que se pudesse fazer – a não ser ficar olhando. Quem será que bolou um troço horrível desses? E no entanto não havia muita diferença entre uma e outra – descontando-se uma gordurinha aqui, uma falta de bunda lá –, simplesmente uma porção de papoulas desabrochando no campo. Qual que se ia escolher? E por qual seria escolhido? Que importância tinha? Era tudo tão triste. E depois que as escolhas estavam feitas, jamais dava certo, pra ninguém, por mais que afirmassem o contrário.

Belford pediu panquecas pra dois e um prato de ovos fritos. Coisa rápida.

A garçonete. Olhei os peitos, as cadeiras, os lábios e os olhos. Coitadinha. Coitadinha, uma ova. No mínimo, a única coisa que lhe passava pela ideia era depenar um pobre filho da puta de toda a grana que tinha...

Consegui engolir a maior parte das panquecas, depois voltamos pro carro.

Belford só se lembrava da leitura. Rapaz compenetrado.

– Aquele sujeito que bebeu duas vezes no gargalo da tua garrafa no intervalo...

– É. Tava querendo procurar sarna pra se coçar.

– Todo mundo tem medo dele. Foi reprovado na faculdade, mas não sai mais de lá. Vive tomando LSD. É doido varrido.

– Tô me lixando pra isso, Henry. Mulher qualquer um pode me roubar, mas uísque, não.

Paramos pra pôr gasolina, depois continuamos. Já tinha colocado todo o uísque na garrafa térmica e estava tentando acabar com a vodca.

– Estamos chegando – anunciou Belford –, já dá pra enxergar as torres da universidade. Veja!

Olhei.

– Senhor, tende piedade! – pedi.

Mal avistei as tais torres, tive que botar a cabeça pra fora do carro pra vomitar. Marcas de vômito deslizavam e grudavam na parte lateral do carro vermelho de Belford. E ele ali, firme na direção, todo compenetrado. Não sei como, mas tinha certeza de que eu ia conseguir, como se vomitar fosse uma espécie de piada. Só que aquilo não parava mais.

– Me desculpa – dei um jeito de dizer.

– Tudo bem – retrucou. – Já é quase meio-dia. Ainda temos uns 5 minutos. Ainda bem que chegamos a tempo.

Estacionamos o carro. Peguei a sacola de viagem, saltei e vomitei no estacionamento.

Belford saiu feito bólido na minha frente.

– Espera aí – pedi.

Me encostei num pilar e vomitei de novo. Uns universitários que iam passando olharam pra mim: o que é que esse velho tá fazendo ali?

Segui Belford pra cá e pra lá... subindo aqui, descendo ali. A Universidade Americana – vegetação, alamedas e papagaios à beça. Vi meu nome num cartaz – HENRY CHINASKI, LENDO POEMAS NO...

Sou eu, pensei. Quase caí na gargalhada. Fui empurrado pra dentro de uma sala. Tinha gente por tudo quanto era lado. Carinhas pálidas. De panquecas, por sinal.

Me fizeram sentar numa cadeira.

– Quando eu der o sinal com a mão – avisou o cara por trás da câmara de tevê –, o senhor pode começar.

Vou vomitar, pensei. Tentei encontrar uns volumes de poemas. Fiquei fazendo hora. Aí Belford se pôs a explicar pra plateia quem eu era... como nos tínhamos divertido juntos no grande noroeste do Pacífico...

O cara deu o sinal com a mão.

Comecei.

– Meu nome é Chinaski. O primeiro poema se chama...

Depois de 3 ou 4 poemas fui me servindo da garrafa térmica. As pessoas riam. Nem dei bola. Bebi mais um pouco e comecei a me descontrair. Sem intervalo, desta vez. Olhei num monitor lateral e vi que fazia 30 minutos que estava lendo com uma longa mecha de cabelo caída no meio da testa e virada pro lado do nariz. Não sei por quê, achei engraçado; depois afastei a mecha e prossegui na leitura. Parece que me saí bem. Os aplausos foram sonoros, mas não tão calorosos como na vez anterior. Que importância tinha? Só queria sair vivo dali. Muita gente tinha meus livros e veio pedir autógrafo.

Hum hum, hum, pensei, quer dizer que é assim que essa joça funciona...

Quase mais nada. Assinei o recibo dos meus cem paus e fui apresentado à chefe do departamento de Literatura. Era toda sexy. Vou violentar essa mulher, pensei. Ela disse que talvez aparecesse mais tarde no tal chalé das colinas – a casa de Belford –, mas é óbvio que, depois de escutar meus poemas, nunca mais foi vista. Fim da festa. Ia voltar pro meu pátio coberto de mofo e loucura, mais uma loucura minha, afinal. Belford e um amigo dele me levaram de carro ao aeroporto e sentamos no bar. Paguei as bebidas.

– Que engraçado – comentei –, devo estar enlouquecendo. Continuo com a sensação de que tem alguém chamando por mim.

E tinha razão. Quando chegamos na rampa, meu avião já estava decolando no fim da pista. Tive que voltar e entrar numa sala especial, onde me submeteram a um interrogatório. Me senti feito moleque na escola.

– Está bem – disse o cara –, o senhor vai embarcar no nosso próximo voo. Mas tome cuidado pra não perder o avião.

– Tá legal – retruquei –, eu embarco no próximo.

De repente me lembrei que poderia perder o tal próximo voo pra sempre. E teria que voltar e falar com o mesmo sujeito. E cada vez seria pior: ele mais irritado; eu sempre a pedir desculpas. Por que não? Belford e o amigo sumiriam de vista. Chegaria mais gente. Iam acabar levantando fundos pra mim...

— Mamãe, que fim levou o papai?

— Morreu numa mesa de bar do aeroporto de Seattle, quando tentava pegar o avião pra Los Angeles.

Garanto que você não vai acreditar, mas por pouco não perdi o tal segundo voo. Mal me sentei e o avião começou a rolar na pista. Não consegui entender. Por que era sempre tão difícil? Seja lá como for, estava a bordo. Tirei a tampa da garrafa. A aeromoça me pegou em flagrante. Era contra o regulamento.

— Sabe, o senhor poderia ter que se retirar do avião.

O comandante acabava de comunicar que estávamos voando a 15 mil metros de altitude.

— Mamãe, que fim levou o papai?

— Ele era poeta.

— Poeta? O que é isso, mamãe?

— Ele também dizia que não sabia. Agora anda, lava essas mãos, o jantar tá na mesa.

— Ele não sabia?

— Exatamente, não sabia, não. Agora anda, eu disse que era pra lavar essas mãos...

Vulva, Kant, e uma casa feliz

Jack Hendley pegou a escada rolante para ir nas tribunas. pegou não é bem o termo – apenas subiu por aquela porra.

53º programa de corridas. noite. comprou o folheto no velhinho – 40 cents, gritando na capa – páreo de 2.000 metros, prêmio de 2.500 dólares ao vencedor – um cavalo estava saindo mais barato que carro novo.

Jack saltou da escada rolante e esbarrou na lata de lixo mais próxima. porra, essas noites de porre estavam arrasando com ele. devia ter pedido as vermelhinhas pra Eddie antes de ter ido embora da cidade. mas, de qualquer forma, a semana havia sido ótima, uma semana de 600 dólares, uma grande diferença dos 17 paus semanais que ganhava, em Nova Orleans, em 1940.

mas perdeu a tarde inteira com um cara que foi bater lá na porta. Jack levantou da cama e deixou que entrasse – um ninquinho de gente – e o tal ninquinho passou 2 horas sentado no sofá – a falar sobre a VIDA, só que não entendia absolutamente nada do assunto, o veado apenas falava e nem se preocupava em viver.

o ninquinho, mesmo assim, encontrou jeito de beber a cerveja de Jack, fumar tudo que havia pra fumar e impedir que se ocupasse com o Programa, atrapalhando os preparativos que deveria ter feito antes das corridas.

o próximo cara que me incomodar, palavra de honra, o próximo que me torrar a paciência, aplico-lhe uma em regra, do contrário passam a perna na gente, aos poucos, um após outro, até liquidar por completo, pensou. Não sou nenhum malvado, mas eles são, aí é que está.

resolveu tomar café. lá estavam os mesmos velhos de sempre, paquerando e dizendo gracinhas pras garçonetes do balcão. que bando mais infeliz e solitário de brochas.

Jack acendeu um fumo, se engasgou e jogou o cigarro longe. encontrou lugar nas tribunas, bem na frente, ninguém por perto. com sorte e sem nenhum chato pra encher, talvez conseguisse aprontar as apostas. mas – sempre havia os desocupados, caras sem nada pra fazer a não ser matar o TEMPO – por fora de tudo, sem programa (o programa dos páreos vinha anexo ao folheto); só pensando em bisbilhotar e se intrometer. chegavam com horas de antecedência, apáticos, distraídos, e ficavam simplesmente zanzando por lá.

o café estava ótimo, quente. ar límpido, limpo, frio. nem sinal de neblina. Jack começou a se sentir melhor. tirou a caneta do bolso e se concentrou no primeiro páreo. talvez ainda desse. aquele filho da puta desperdiçando-lhe a tarde inteira com papo furado lá no sofá, aquele filho da puta tinha estragado tudo. ia ficar muito, muito difícil – dispunha de apenas uma hora pra preparar toda a cartela. nos intervalos nem pensar – a aglomeração de gente atrapalhava demais e tinha que se ficar de olho na colocação do placar.

começou a marcar o primeiro páreo. até aí – tudo bem. de repente ouviu. um desocupado. Jack já tinha visto aquele abelhudo olhando lá pro lado do estacionamento, enquanto descia a escada em busca de um canto sossegado. agora farto de brincar "de olhar pros carros" vinha vindo na direção de Jack, detendo-se em cada degrau, um cara já meio velhusco, de sobretudo. de olho morto, sem vibração alguma. rocha. um desocupado de sobretudo.

o sujeito se aproximou devagar. um ser humano, como qualquer outro, pois sim. fraternidade, aqui, ó. Jack ouviu as pisadas. chegava num degrau e estacava. depois descia mais um.

Jack se virou e olhou pro cretino. estava ali parado, em pé, de sobretudo. não havia outra pessoa numa extensão de cem metros, mas o desgraçado tinha que cismar de vir meter o bedelho naquele canto.

guardou a caneta no bolso. aí o sujeito se colocou bem por trás dele, pra espiar o programa por cima do ombro. Jack xingou, fechou o folheto, levantou e foi sentar a 30 metros de distância, perto da outra escada.

abriu o programa e recomeçou o trabalho, pensando ao mesmo tempo na multidão que se reúne nos hipódromos – uma fera imensa, imbecilizada, gananciosa, solitária, malévola, mal-educada, bronca, hostil, egoísta e viciada. o mundo, infelizmente, vivia infestado de bilhões de criaturas que não têm nada pra fazer a não ser matar o tempo e matar a gente.

já estava na metade da marcação do primeiro páreo, sublinhando os prováveis vencedores, quando ouviu de novo. os passos lentos se aproximando. olhou ao redor. inacreditável. o mesmo sujeito!

Jack fechou o folheto e se levantou.

– o que é que o senhor tá querendo comigo? – perguntou.

– como assim?

– que história é essa de vir espiar por cima do meu ombro? isto aqui tem quilômetros de espaço vazio e o senhor sempre acaba parado do meu lado. portanto, que que tá querendo, porra?

– nós estamos num país livre, eu...

– não estamos, não senhor. é um país onde tudo se compra, se vende e se possui.

– o que eu quero dizer é que posso andar onde bem entender.

– claro que pode, contanto que não venha sacanear a minha intimidade. o senhor está sendo mal-educado e idiota. como o pessoal costuma dizer, "você tá ENCHENDO", cara.

– paguei ingresso pra entrar. não pode me dar ordens.

– tá, o problema é seu. vou mudar outra vez de lugar. estou fazendo tudo pra me controlar. mas se vier pro meu lado pela TERCEIRA VEZ, garanto que lhe viro a mão na cara!

Jack mudou de lugar de novo e viu o sujeito sair à cata de outra vítima. mas não conseguiu tirar o desgraçado da ideia. subiu até o bar e pediu uísque com água. quando voltou, os cavalos já estavam na pista se aquecendo pro primeiro páreo. tentou retomar o programa, mas não conseguiu, de tanta gente que tinha. um cara bêbado, com voz de alto-falante, berrava que não faltava um único sábado nas corridas desde 1945, um debiloide irrecuperável. mas boa-praça. esperem só por uma noite de cerração pra ver se ele não se tranca pra uma bronha na privada. bom, pensou Jack, tô ferrado. basta a gente ser paciente pra terminar crucificado na cruz. aquele filho da puta lá no sofá, a falar em Mahler e Kant e vulva e revolução, e não entendendo absolutamente porra nenhuma daquilo.

teria que desistir do primeiro páreo. 2 minutos pra largada. um minuto. foi empurrando aquela gente toda, o dobro da frequência diurna. largaram. "aí vêm eles!", gritou o locutor. alguém pisou-lhe os dois pés. por pouco não era perfurado por uma cotovelada, um batedor de carteira se esgueirou pelo lado esquerdo.

malta de cão e gato. começou a torcer por Windale Ladybird. porra, a favorita do apronto. tiro e queda. já estava perdendo a cabeça de saída.

Kant e vulva. cachorros.

Jack foi-se adiantando e terminou bem no fim das tribunas. o carro empurrava os portões de partida e os cavalos já se aprontavam para o início dos 2.000 metros.

ainda nem tinha sentado quando surgiu outro desocupado. em estado de transe. de olho fixo em qualquer coisa lá pelas arquibancadas. o corpo vindo certeiro em sua direção. não havia outra saída. uma colisão. quando os dois se chocaram, Jack ergueu e fincou o cotovelo com força naquela barriga mole. o cara saiu na disparada, gemendo.

quando conseguiu sentar, Windale Ladybird tinha se distanciado com 4 corpos de vantagem na última curva, antes da reta de chegada. Bobby Williams ia tentar ultrapassar os 1.200 metros. mas, pra Jack a montaria não parecia animada. depois de 15 anos de carreiras, era capaz de adivinhar, instintivamente, pelo avanço, se o cavalo corria solto ou preso. Ladybird fazia força – 4 corpos de vantagem, mas devia estar rezando pra sair vencedora.

3 na frente, na reta de chegada. aí Hobby's Record começou a ganhar terreno. vinha pisando a areia com agilidade e firmeza. Jack morreu. na frente da reta de chegada, com 3 corpos, morreu. a 15 metros da fita, Hobby's Record tomou a dianteira

pelo que parecia ser um corpo e meio de vantagem. boa alternativa de 7-2.

Jack rasgou 4 pules de cinco dólares cada uma. Kant e a vulva. devia ir embora. guardar o resto da bolada. esta é uma daquelas noites.

o 2º páreo, de 1.600 metros, por acaso era simples. não precisava analisar tempo e categoria. o pessoal apostava em Ambro Índigo, por causa de uma colocação por dentro, que facilitava a largada, e por ser Joe O Brien o jóquei. o outro rival, Gold Wave, largaria por fora, no 9º posto, com o pouco conhecido Don Mc Ilmurray. se tudo fosse tão fácil assim, há anos estaria morando em Beverly Hills. mas contudo, mesmo com o péssimo resultado do primeiro páreo, e todo aquele Kant e a vulva, Jack arriscou 5 pules no vencedor.

aí Good Candy virou o favorito na última hora da apuração total das apostas e todo o pessoal veio correndo pra apostar nele. Candy tinha caído de um apronto de 20 pra 9. agora estava em 8. o pessoal ficou doido. Jack achou que aquilo não estava cheirando bem e foi tratando de dar o fora. de repente um MASTODONTE veio correndo – o filho da puta devia ter quase 3 metros de altura – de onde podia ter saído? Jack nunca tinha visto aquele cara mais gordo.

o MASTODONTE queria CANDY e só enxergava o guichê na sua frente, e o carro estava levando os portões de partida para a faixa da largada. o sujeito era moço, alto, corpulento, parvo, estourando as tábuas na direção dele. Jack procurou se abaixar. tarde demais. o mastodonte deu-lhe uma cotovelada na fronte que o jogou a 5 metros de distância. clarões vermelhos, azuis, amarelos e roxos explodiram no ar.

– ei, seu filho da puta! – gritou Jack.

mas o mastodonte, debruçado no guichê, comprava pules perdedoras. Jack voltou pro seu lugar.

Gold Wave apareceu na curva com 3 corpos de vantagem na dianteira da reta. e avançando com a maior facilidade. ia ser uma barbada, de 4-1. mas Jack só tinha apostado 5, o que lhe dava um lucro de 6.50 dólares. ora, era sempre melhor que varrer bosta.

perdeu o 3º, o 4º e o 5º páreos, fisgou Lady Be Fast, 6-1 no 6º, apostou em Beautiful Handover, 8-5 no 7º, deu certo e ficou reduzido a apenas 30 pratas, por puro instinto, depois pôs 20 em Propensity no 8º, 3-1, e não é que Propensity cai logo de saída? acabou-se o que era doce.

mais uísque com água. essa história de não ter tempo pra analisar as corridas dava no mesmo que atarraxar bola de praia em privada escura. vai pra casa – morrer agora estava um pouco mais fácil com uma pausa pra refrescar, de vez em quando, em Acapulco.

Jack olhou pras garotas mostrando tudo lá, nas cadeiras junto à parede. esse negócio de tribuna era bonito e limpo, bom de olhar. mas estava ali pra tirar a grana dos ganhadores. permitiu-se paquerar as pernas das garotas por alguns instantes. depois virou pro placar. sentiu pressão de uma perna encostada. um roçar de seio, o mais suave dos perfumes.

– escute, moço, com licença.

– pois não.

encostou-se ainda mais. bastava pronunciar as palavras mágicas e podia dar uma trepada de 50 dólares. só que não conhecia nenhuma que valesse isso.

– sim? – perguntou.

– qual é o cavalo nº 3?

– May Western.

– acha que pode ganhar?

– não contra esses aí. talvez da próxima vez, num lugar um pouco melhor.

– só quero cavalo que dê grana. qual você acha que vai dar?

– você – respondeu Jack, dando o fora dali.

vulva, Kant e uma casa feliz.

ainda estavam apostando em May Western e Brisk Risk caía de cotação.

CORRIDA DE 1.600 METROS, POTRANCAS E ÉGUAS, NÃO VENCEDORAS DE 10 MIL DÓLARES EM 1968. cavalo ganha mais que a maioria dos homens, só que não pode gastar.

passou uma maca móvel transportando uma velha de cabelo grisalho debaixo do lençol.

o placar girou. Brisk Risk caiu outra vez. May Western aumentou um ponto.

– ei, moço! – uma voz de homem atrás dele. Jack estava concentrado no placar.

– sim?

– me dá 25 cents aí!

Jack nem se virou. tirou a moeda do bolso, deixou na palma da mão e ofereceu por cima do ombro. sentiu a pressão da ponta dos dedos pegando o dinheiro.

nem chegou a ver o cara. o placar marcou zero.

– aí vêm eles!

ah, porra.

chegou no guichê de dez dólares, apostou uma pule em PIXIE DEW, 20-1, e duas em CECILIA, 7-2. nem sabia o que estava fazendo. existe uma determinada maneira de fazer as coisas, de enfrentar touros na arena, fazer amor, fritar ovos, tomar água, beber vinho, que quando a gente não faz direito se engasga ou então acaba morrendo.

Cecília tomou a dianteira e saiu perseguida pelos demais na reta oposta. Jack reparou bem na pernada do cavalo. havia chance. ainda não estava dando tudo o que tinha e o jóquei segurava a rédea com leveza. bem razoável, por enquanto. mas o que vinha logo em seguida parecia melhor. Jack conferiu no programa. Kimpam, nº 12 na linha de largada, partiu com 25, o pessoal nem quis saber dele. o cavalo levava Joe O'brien na charrete, mas Joe tinha perdido com a mesma montaria, 9-1, dois páreos antes. cego feito morcego. Lighthill saiu em carreira desabalada contra Cecília, que, exposta, diminuiu de velocidade, Lighthill tinha que arriscar ou perder. havia chance. vinha com 4 corpos de vantagem na dianteira da reta final. O'Brien deixou Lighthill cobrir a diferença. aí se curvou e soltou Kimpam por completo. porra, não, não a 25-1, pensou Jack. não deixa essa égua passar na frente, Lighthill. estamos com 4 de vantagem. vamos de uma vez. 20 pratas a 7-2 podem dar 98. e a noite estará salva.

olhou Cecília. as patas não levantavam até o joelho. vulva, Kant e Kimpam. Cecília diminuiu o ritmo, quase parando na metade da reta. O'Brien passou voando com seus 25-1, sacolejando na charrete, afrouxando a rédea, conversando com o cavalo.

aí Pixie Dew veio correndo por fora, Ackerman dando rédea solta aos 20-1 e recorrendo ao chicote – 20 vezes dez, 200 paus, fora os trocados. Ackerman reduziu a diferença pra um corpo em relação a O'Brien, e foi assim que chegaram – O'Brien mantendo aquele espaço aberto, incentivando o cavalo, passando feito barco à vela sorrindo de leve, como é seu costume, e acabou. Kimpam, égua de pelo castanho, nº 4, filha de Irlandês e Meadow Wick. Irlandês? e O'Brien? porra, era dose. as desvairadas senhoras de grampo de chapéu dos manicômios do inferno tinham, finalmente, conseguido uma vítima.

os guichês que pagavam pule de dois dólares ficaram apinhados de velhotas sustentadas pela previdência social, com meia garrafa de gim na bolsa.

Jack desceu pela escada. as rolantes estavam abarrotadas de gente. passou a carteira pro lado esquerdo do paletó pra despistar os punguistas. metiam a mão no bolso traseiro da calça 5 ou 6 vezes por noite, mas a única coisa que lhe tinham conseguido roubar era um pente desdentado e um lenço velho.

entrou no carro, saiu entre a multidão, conseguiu não amassar o para-choque, a cerração já estava bem baixa. mas não encontrou problema pra rumar pra zona norte, só que perto de casa, apesar da neblina, viu uma coisa gostosa, moça, vestido curto, pedindo carona, ah, minha nossa, freou, a perna era possante, mas quando conseguiu reduzir a marcha já estava a 50 metros além dela, com outros carros vindo logo atrás. ah, paciência. que fosse currada por um idiota qualquer. ele é que não ia procurar retorno nenhum.

verificou se havia luz em casa. não tinha ninguém. ótimo. guardou o carro, sentou na sala e abriu o programa no meio com o polegar. tirou a tampa da garrafa de uísque, de uma lata de cerveja também e mergulhou no trabalho. não fazia 5 minutos que estava ali quando o telefone começou a tocar. ergueu os olhos, fez com o indicador o gesto clássico, mandando o aparelho se foder e se inclinou de novo em cima do programa. velho profissional não brinca em serviço.

dali a duas horas não havia nem rastro das 6 latas de cerveja e do meio litro de uísque – já estava deitado, dormindo, na cama, com a cartela do dia seguinte completamente preenchida e um sorrisinho de segurança no rosto. há dezenas de maneiras de se enlouquecer.

COLEÇÃO 96 PÁGINAS

Uma anedota infame – Fiódor Dostoiévski

A bíblia do caos – Millôr Fernandes

O caso da criada perfeita e outras histórias – Agatha Christie

O clube das terças-feiras e outras histórias – Agatha Christie

O curioso caso de Benjamin Button – F. Scott Fitzgerald

200 fábulas de Esopo

O método de interpretação dos sonhos – Sigmund Freud

A mulher mais linda da cidade e outras histórias – Charles Bukowski

Morte por afogamento e outras histórias – Agatha Christie

Por que sou tão sábio – Nietzsche

Sobre a leitura seguido do depoimento de Céleste Albaret – Marcel Proust

Sobre a mentira – Platão

Sonetos de amor e desamor – Ivan Pinheiro Machado (org.)

O último dia de um condenado – Victor Hugo